首部曲

狗武士 book 2

诡影迷踪
A HIDDEN ENEMY

[英] 艾琳·亨特 著 / 赵振中 译

中国少年儿童新闻出版总社
中国少年儿童出版社
北京

湖

野狗群营地

裂缝

长脚营地

森林

森林山脉

长脚的怪叫笼

拴绳狗营地

狗园

毒河

荒野

通往城市

著作权合同登记 图字：01-2013-5011

The Hidden Enemy
Copyright ©2013 by Working Partners Limited
Series created by Working Partners Limited
Simplified Chinese edition coryright ©2014 by China Children's Press
&Publication Group
Published by arrangement with Andrew Nurnberg Associates International Ltd
All rights reserved.

图书在版编目（CIP）数据

诡影迷踪／（英）亨特著；赵振中译．—北京：中国少年儿童出版社，2014.8(2023.5重印）
（狗武士2）
ISBN 978-7-5148-1760-7

Ⅰ.①诡… Ⅱ.①亨… ②赵… Ⅲ.①儿童文学—长篇小说—英国—现代 Ⅳ.①I561.84

中国版本图书馆 CIP 数据核字（2014）第 103290 号

GUIYING MIZONG
（狗武士2）

出版发行：	中国少年儿童新闻出版总社 中国少年儿童出版社
出版人：	孙 柱
执行出版人：	马兴民

责任编辑：史 钰		责任校对：韩 娟	
内文插图：李思东		封面设计：缪 惟	
版权引进：孟令媛		责任印务：厉 静	

社　　址：北京市朝阳区建国门外大街丙 12 号　　邮政编码：100022
总 编 室：010-57526070　　　　　　　　　　　发 行 部：010-57526568
官方网址：http://www.ccppg.cn　　　　　　　　 编 辑 部：010-57526320
印　　刷：北京华宇信诺印刷有限公司

开本：880mm×1230mm　1/32	印张：8
版次：2014 年 8 月第 1 版	印次：2023 年 5 月北京第 9 次印刷
字数：130 千字	印数：51001-57000 册

ISBN 978-7-5148-1760-7　　　　　　　　　　　　　　定价：28.00 元

图书出版质量投诉电话 010-57526069，电子邮箱：cbzlts@ccppg.com.cn

独行狗

拉奇——乳名野蒲,公狗,毛发浓密,金色与白色相间,喜乐蒂与寻回犬的混血,小型犬。

老猎手——公狗,秃嘴,长得又大又结实。

拴绳狗

贝拉——乳名斯魁克,母狗,毛发浓密,金色与白色相间,喜乐蒂与寻回犬的混血。

戴兹——母狗,小个头,白色毛发,棕色尾巴,西高地白梗与杰克罗素梗的混血。

米琪——农场犬,毛发黑白相间,轮廓平滑。边境牧羊犬。

玛莎——大型黑色母犬,脑袋宽大、毛发浓密,纽芬兰犬。

布鲁诺——德国牧羊犬,大型战犬,浓密的棕色毛发,面色严峻。

阳光——小母狗,马尔济斯犬,毛白且长。

阿尔菲——小公狗,满脸褶皱,身材短粗,棕白相间。

野狗群(按级位由高至低)

阿尔法· 狼狗,个头很大,黄眼,毛色灰白相间。

贝塔: 即斯维特,无影狗,灰色短毛。

猎手：

范俄里——大型棕色公犬，长耳、毛发蓬乱，是穆恩的配偶。

斯耐普——小型母犬，毛发棕白色相间。

冒赤——黑色长毛长耳公狗。

斯普林——褐色母猎犬，有黑斑。

巡逻狗：

穆恩——母狗，毛色黑白相间的农场狗。[斯科姆（小公崽，毛色黑白相间），娜姿（黑色的小母崽）和富兹（黑白相间的小公崽）的母亲。]

达特——母狗，毛色棕白相间。

特维奇——公狗，棕褐色，黑斑、瘸腿。

欧米伽：本名怀恩，小个头，小眼睛、褶皱脸，黑毛，长得有些奇形怪状。

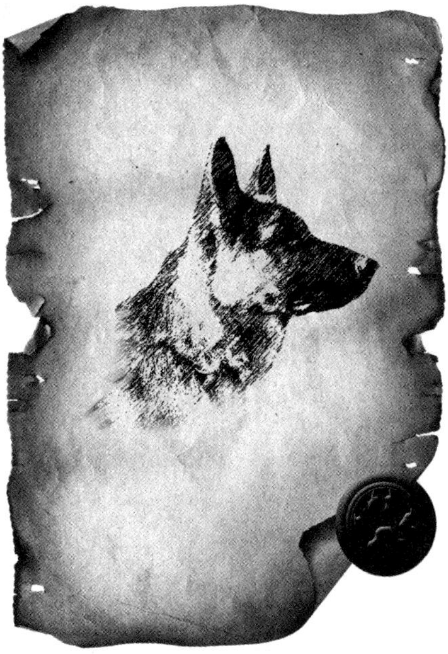

引 子

"你别想从我爪下逃走,浑蛋!"野蒲兴奋地追逐着前面的绿色小甲虫。猎物已经无所遁形,因为他是敏捷而勇猛的猎手野蒲,是闪电和天狗们手下骁勇的武士!

追上你了……

他的爪子按住那只不停挣扎的小可怜,用他最可怕的吼声宣告小可怜的宿命。忽然,他听到一声怪异的号叫,顿时浑身打了个激灵。他抬起头,脖子上的毛竖立起来。

是一只狗?附近还有别的狗?

小甲虫趁机从他的爪子下溜走,钻过白色的栅栏。野蒲没有多加理睬,此时此刻,捕猎不再重要,必须尽快远离院子的边缘地带。他跌跌撞撞地往回赶,穿过草坪,进入温暖舒适的狗窝里。同窝的幼崽们见到他回来,七嘴八舌地乱叫乱嚷。他挤进幼崽中间,依偎在母亲的肚皮下。

紧挨着同伴们,野蒲剧烈的心跳渐渐平息,无名的恐惧悄然退去。

"那是什么声音?"他小声问,"你们刚才听到没有?嗯?"

"听到了!听到了!"

"我们都听到了！"

"是一只怪吓人的狗！"

"好啦，好啦，小不点儿们。"狗妈妈温柔地舔着孩子们的小脸，"那不是狗，而是一只狼。他不会来这里的。"

狼。这个词带来的恐惧如同电流般注入野蒲的身体，其他的幼崽们也紧张地竖起毛。这个词听上去不像是什么好词，给小狗们一种毛骨悚然的感觉……

狗妈妈温柔地安抚孩子们说："不用害怕，狼和我们其实区别不大。他们也长了四条腿、一身毛、一口利齿。他们奔跑的速度很快，身体强壮、性情凶猛，而且很狡猾。"

"我敢打赌，我比狼还要狡猾！"斯魁克嚷嚷说。

"那可不好！"狗妈妈说，"我们狗虽然聪明，却不狡猾。我们崇尚高尚的品格，珍惜自己的荣誉。你们这些小毛球一定要牢牢记住这一点。"

斯耐普胆怯地说："狼的叫声和狗有些相似。"

"斯耐普，狼与狗之间是有近亲关系的，这种关系可以追溯到很久很久以前。不过你们千万不要因为这种关系而信任他们。如果看到狼，一定要远远避开，实在不行就跑开。"

"为什么啊？"野蒲迷惑地竖起小脑瓜。

"因为狼会趁你转身的时候，将他的牙齿插入你的血肉里。永远别接近狼。娜柔就因为接近狼而惨遭横祸。你们还记得那个故事吗？娜柔是只好奇心很重的狗，于是当她听到狼嚎之后就跟了上去，因为她不但好奇心强，也非常勇敢。"

"我也很勇敢!"斯魁克插嘴说。

"勇敢往往带来愚蠢,斯魁克!正是因为她太过鲁莽,才会被埋伏在'第一棵松'下的野狼群捉住。野狼群的首领巨牙怀疑娜柔在跟踪他们,于是要杀死她。"

"可是,娜柔是闪电的后代啊。尽管闪电早已和天狗们生活在一起,但他仍然守护着他的后代们。他看见娜柔遇到了危险,便从天上跳下来,点燃了'第一棵松'。巨牙被卷入大火中,野狼群吓得四散逃窜!经过这一番磨难,娜柔后来才成长为勇猛的狗武士,名叫野火。但我们可别指望着闪电来搭救我们,我们必须从娜柔的身上吸取教训。"

远方又响起狼嚎声,幼崽们使劲往一团挤,狗妈妈也竖起了耳朵。感受着妈妈的体温,听着妈妈平稳的心跳,野蒲一点也不紧张。妈妈会保护他们的。

野蒲拱到妈妈的前腿下面,问:"就算狼来了,我们也没事,对吗?"

斯魁克不以为然地叫了一声。

"别犯傻啦,野蒲!"她说,"你刚才没听妈妈说,狼不可能来这里吗?"

"斯魁克说得对。"狗妈妈含笑说,"狼不会来的。你们都很安全,现在都乖乖地睡觉。"

野蒲抬起爪子盖住鼻子,脑子开始昏沉起来,但他仍不自觉地竖起一只耳朵,听着那隐没在远方的狼嚎声。我要变得聪明些,离狼远远的,他心想,我可不能像娜柔那么鲁莽。

　　安全而温暖地睡在伙伴们中间,这才是生活。在家庭的呵护下,远离野外的生活,远离狼群。

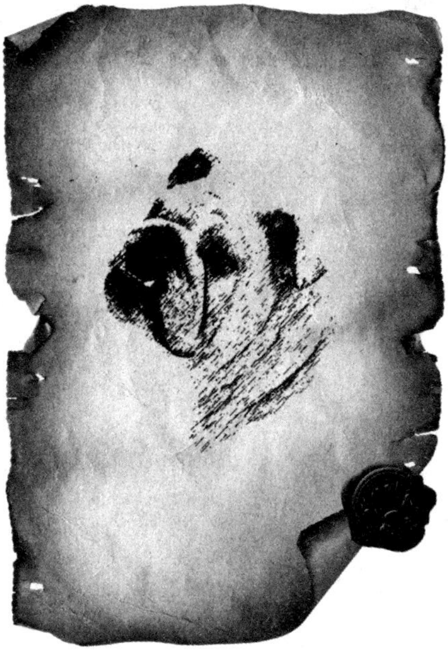

第一章

"我们的领地！我们的！"

鸟儿从树梢上惊飞四起，树叶纷纷落下。

拉奇僵直地站着，回头看着走过的路，身体不住地颤抖。他的团队就在山谷里——不，不是他的团队，是他的朋友们。那一声声凶猛的狗叫向他传达了一个信息：朋友们遇险了。

没有他的援助，朋友们岌岌可危。

拉奇四周看看，内心十分纠结。天刚亮他就离开了伙伴们，让他们独立生活。现在已经走出了这么远的路程，小山的轮廓在晨雾中都变得模糊了，站在这里他能把整片森林尽收眼底。是的，他已经走出了森林，前方不远的地方就是他要找寻的那座桥。眼前的一幕本来让他激动万分，促使他越跑越快，可是他现在却像一根木头似的静静地立着不动。

伙伴们需要他。

心在剧烈跳动。拉奇不再犹豫，转身朝来路冲去。

森林狗！别让他们受到伤害！帮我及时赶回去啊……

他冲向山谷，在树丛间跳跃。他不断地责备自己，为什么不相信自己的直觉呢？他原本就觉得离开团队会大事不妙。可他为了表明自己是一只独行狗而离开了,却把朋友们置于险境之中。

除了我,还有谁能保护他们呢?

山谷的方向传来狂怒的吼叫,中间夹杂着妹妹和伙伴们的叫声。

"我们的领地,我们的水源!滚出去!"

"大家团结在一起!和我在一起!"

拉奇飞速奔上一座小山头,忽然刹住脚步。

慢着,拉奇……行动前要先观察地形。

拉奇敏锐的目光从下方的山谷扫过。山谷内,越过茂密的丛林就是宽阔的草地。这个地方对于拴绳狗们来说简直就是天堂啊。米琪能够捕猎,玛莎可以游泳,阳光、阿尔菲和戴兹不愁没有地方休息,喜爱探险的布鲁诺和贝拉也可以大展所长。他早就应该料到会有别的狗看中这块宝地。看样子,在他们到来之前这里已经被另一群狗占领了,如今这些狗们正在保卫自己的家园。

水面上银光闪耀,小河绕着森林边缘流淌。拉奇记得他和伙伴们告别的地点就在河边,于是他朝小河奔去。

敌人的吼叫不断激起拉奇的愤怒和恐惧。但他知道如果自己在光天化日之下贸然从树林里跑出去,立刻就会被敌人们发现。于是他逐渐放慢脚步。

他离开之后,小河似乎多了一丝陌生的气息。这股气息让他想起已经变成废墟的那座城市附近的溪流和水池。

拉奇悚然一惊,停下脚步。他瞩目望去,只见小河的水面上浮着一条绿色的污物带。这里本该是安全的天堂啊!小河本该清澈纯净——昨天他们来到这里的时候,河水还很干净呢,难道是错觉?

可是现在,拉奇分明看见一条污物带正随着水流向下游扩散。

我带领伙伴们历经千辛万苦,难道最后找到的仍然是有毒的水源?!

裂地吼①带来的死亡阴影真的就永远挥之不去吗?小河的尽头,树木枯萎断裂,奄奄一息,仿佛被一只巨狗啃过一般。拉奇沿着溪流在山腰上奔跑,心里沉甸甸的。如果连这个地方都被裂地吼的瘟疫侵袭了,狗们还能到哪里寻求生路呢?

"*滚出去!!!*"一声凶残的吼声划破天际,拉奇听到无助的伙伴们发出惊恐的尖叫。他跑下山坡,从一排茂密的灌木丛里探出头,终于看见他们了。

他的伙伴们在野狗群的攻击下显得有些招架不住。这群野狗一个个长得十分彪悍,时不时地会有一只野狗冲上前来发出一阵叫嚣。

"你们完蛋啦,拴绳狗!"

拉奇听到了贝拉的声音——尽管孱弱,却依然勇敢。"大家别慌,尽量聚在一起。阳光,你站在布鲁诺的身后。玛莎,你去帮戴兹一把。"

---

① 狗对地震的称呼。

拉奇贴着地面,爬到一块大石头后面,数了一下,发现对方共有七只狗。血液在体内急速流动,一种战斗的强烈冲动涌上他的心头。但长期的街道生活使他变得谨慎,这才没有贸然冲出去。经过刚才一番激烈的争斗,双方已暂时停手。野狗群出言不逊,对贝拉的团队大肆嘲讽——如果拉奇这时候出现,势必会再次引发战斗。敌人会先解决掉这群弱不禁风的拴绳狗,然后集中力量来对付他。

这时,对方有两只大狗朝阳光和戴兹冲过去,但并没有真正动手,只是为了吓唬他们一下。

"打乱他们的阵型。"一只狗低声吼叫说,"斯普林,守好你那一侧!"一只野狗听了立刻朝右边跳过去。躲在布鲁诺身后的阳光本来想逃进旁边的灌木丛里,见状吓得立刻退了回去。拉奇眼睛瞄了半天,也没看清楚刚才发号施令的狗是哪一只。

拉奇知道,如果自己这一方有谁敢往阳光和戴兹那一侧跑,会立即招来敌人的侧面攻击。而贝拉和其他的伙伴们已经精疲力竭,根本没什么战斗力了。看来,敌人非常狡猾而且老练,即使当初拉奇在城市里,遇到这种敌人也要绕着走。

面对这群狡诈阴狠的野狗,拉奇对自己说:"*别鲁莽。要像森林狗一样讲究战术。*"

借着阴影的掩护,拉奇能够尽量靠近敌人,同时还要保证自己始终处在下风向。他在树林里兜了一大圈,爬到一个土丘后,终于看到了敌人的头儿。

滚出去!!!

你们完蛋啦,拴绳狗!

打乱他们的阵型!

斯普林,守好你那一侧!

大家别慌,尽量聚在一起。阳光,你站在布鲁诺身后。玛莎,你去帮戴兹一把。

别鲁芥。要像森林狗一样讲究战术。

他们的首领狗。

"让他们尝尝咱们的厉害！看哪个不长眼的还敢来觊觎咱们的领地！"首领狗回头发出一声长号。

拉奇大吃一惊，吓得竖起身上的毛。

根本不是狗……

难怪对方会如此狡猾。拉奇从来没亲眼见过狼，但从他们灰色的眼睛、锋利的牙齿和凌乱的皮毛来看，依稀与回忆中狼的描述相符。刚才的那一声狼嚎更加证实了他的猜测；很久以前，拉奇曾经听到过这种嚎叫。记忆如同涟漪般荡过他的身体——不是对某个画面的记忆，而是对某个声音的记忆。

这只强壮的灰狗肯定是狼和狗的混种！拉奇听说过这种混血狗，但亲眼见到还是头一回。

还有两只狗紧盯着个头稍大些的拴绳狗们，偶尔回头看一眼他们的首领，等待他的指令。拉奇发现这支野狗群内有着严格的等级区分，那两只狗应该是直接受混血狼狗支配。其中一只体格高大，浑身长满黑毛，脖颈粗壮，下颌张开时显得十分有力。黑狗负责看住玛莎，因为玛莎在这个团队中个头最大。但拉奇看出她的一条腿已经受伤，显然，刚才他从敌人的爪子下逃出来时，腿上被狠狠地抓了一下。

另一只是身形瘦削的无影狗，她在战斗中表现得非常敏捷、灵活，拉奇几乎看不清她的动作。无影狗快速移动，一道道命令从嘴里吼出。尽管她比黑狗瘦小得多，但似乎反而是黑狗的上司。

看着眼前这只无影狗，拉奇想起了斯维特，心里不由得一阵苦涩。牢房坍塌的时候，关在里面的狗都被砸死了，唯有拉奇和斯维特幸免于难。

这只无影狗无论从外形和颜色上都与斯维特很相似，但性格却和温柔的斯维特截然相反。只要首领狗一声令下，她会毫不犹豫地把对手撕成碎片。

森林狗啊，我需要你的能量和智慧……

拉奇向前迈步，肌肉充分紧绷，不过他仍然注意着保持处在下风向。现在他距离战场只有几步远，对方并没有嗅到他的气味。如果他能够出其不意地给对方一个冲击，这些拴绳狗们或许就能趁机逃离——对，迅速冲过去，然后跳起来……

他猛然停下脚步，一只爪子悬在半空。就在不到五步远的地方，一只小狗从混战中冲了出来。拉奇震惊地屏住了呼吸。

是阿尔菲！

只见矮小的阿尔菲冲到野狗群的首领面前站住。他颤抖的后腿暴露出内心的恐惧，但他的颈毛仍然竖立着，嘴巴向后龇开，摆出一副挑战的姿态。混血狼狗不屑一顾地瞅着疯狂吠叫的阿尔菲。

"放我们离开！放我的伙伴们离开！谁说这里是你们的领地？"

一时间，混血狼狗似乎被眼前这只小狗不自量力的行为逗乐了。

阿尔菲继续勇敢地叫着，头从一边摆向另一边，仿佛希望用这种多余的动作来让自己看上去更加强壮、更有威慑力。拉奇几乎能听到阿尔菲脑海里的声音。

拉奇回来了……这下好啦……我们肯定能打败对方!

是拉奇给了阿尔菲巨大的勇气,令他敢于面对混血狼狗。拉奇想到这一点,感动得微微颤抖。

阿尔菲冲着面前强壮的敌人龇牙咧嘴。

不!

拉奇见状不妙,后腿猛然弯曲想要跳过去,但为时已晚。阿尔菲已经朝高大的混血狼狗冲了过去。狼狗几乎没有移动,仅仅抬起巨大的爪子一挥,就把勇敢的阿尔菲扇在地上。阿尔菲在地上滚了一下,昏了过去。他的身上裂开一道很大的口子,鲜血从中汩汩而出。

愤怒的拉奇几乎要大声吼叫起来。阿尔菲若不是看见他,绝不会有勇气去挑战混血狼狗。

阿尔菲,你为什么要看见我?为什么——

大地仿佛也感受到了拉奇的滔天怒火,开始在他的脚下颤抖起来。

接着就听轰隆的一声,整个世界开始剧烈摇晃,拉奇被向前抛出,重重地摔在地上。他摇摇晃晃地站起来,浑身不住地发颤。

裂地吼又来了?

战斗被突如其来的变故中断,所有狗都蜷缩起来趴在地上。野狗们望向首领,只听混血狼狗在颤抖中发出一声凄厉的吼声。

"又来了!大家向我靠拢!"

拉奇身旁的一棵大树发出吱吱嘎嘎的断裂声,他急忙躲开。大树轰然倒地,砸在山坡坚硬的岩石上,滚动了几下,横架在裂开的地缝上。树木纷纷倒下,巨大的声音恍若雷鸣。

拉奇吓得四处闪躲,根本辨不清方向。

不管朝哪个方向跑,只要能从裂地吼的魔掌下逃脱就好。但裂地吼却无处不在,整块土地似乎都开始松动。

不,不要惨剧重演!不要让裂地吼把这块地方也毁灭掉……

拉奇一边奔跑,一边回头去看其他狗。所有的狗,无论是野狗还是拴绳狗,此刻都像没头苍蝇似的乱跑乱撞。大地从山坡到山谷撕开一道裂口。拉奇的眼角余光看见一团灰影坠入地缝。他急忙扭过头,不忍看见这幕惨剧。米琪和布鲁诺拖着昏迷的阿尔菲,艰难地寻找安全的地方避难。玛莎一瘸一拐地躲开倒塌的大树。

我的团队!

拉奇脑袋一热,想追过去,但为时已晚。在他的头顶上方,一棵大树咔嚓断裂开来,树根从泥土里弹出,仿佛试图把大树拉回原位。

拉奇跳起躲开飞起的大块泥土和树根,狼狈地摔在地上,前腿顿时感到一阵剧痛。他一时间动弹不得,幸好那棵大树摇晃了几下,又回到原位。他刚刚松了口气,忽然,地面剧烈一震，大树径直朝他砸下来。

拉奇仰面惊恐地看着砸下的巨木，吓得浑身瘫软，脑子里一片空白。

他翻过身子，想朝外侧爬去。可是，死亡仿佛已经注定。

"地狗在召唤我……"拉奇听着树木折断的声音，心里想，"这次我在劫难逃。"

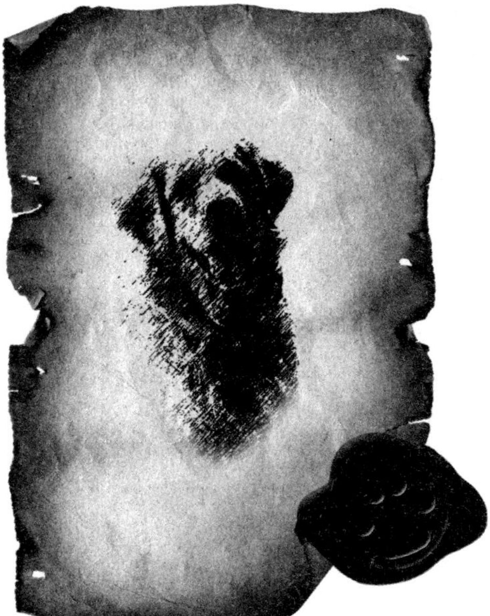

第二章

大树朝他劈头砸下来。他听到噼啪的呼啸，感觉到挟裹而下的风——忽然，他瞥眼看见旁边一块悬空的岩石。绝望中，他产生了一股无名的力量，这股力量迫使他连滚带爬地从岩石边缘掉下去。他蜷缩在岩石下方，就像躲在妈妈肚子下似的身体不停颤抖。

树木砸在岩石堆上，发出轰天巨响，折断的树枝和碎木片四散飞溅。响声持续了好一阵子，拉奇感到有一块碎木片射中了他的身体，但他强压住跳起的冲动，只是静静地趴着。

求求您，地狗，发发慈悲吧。

震耳欲聋的巨响渐渐平息下来，只留下一地厚厚的松针。大树的树干和怪叫笼①一般粗，想起自己刚才和死亡擦肩而过，拉奇感到骨头都是冰凉的。

若不是这块岩石，我现在已经死了……我的尸体也将回到地狗的怀抱。

拉奇舔了舔腿，感觉不是那么痛了。发觉自己没有受伤，他心里的石头终于落了地。上次的裂地吼事件里，他的一只爪

---
① 即汽车。

子受了伤。这一次要好得多。

山坡上一片狼藉,仿佛被一只巨狗用前爪刨过似的。拉奇胆战心惊地沿着坑坑洼洼的山坡往下爬。他现在距离刚才战斗的地方不太远,来到平地后,他的脚步开始变得急促起来。

空气中什么气味都有:潮湿的霉味、泥土味、树根味,还有血腥味。最浓烈的是狗散发出的恐惧气味,尽管战场上连狗的影子都看不到一个,但那股恐惧气味仍旧挥之不去。拉奇竖起耳朵朝四周观望,期盼着能够找到失散的伙伴。他不知道他们逃到了哪里。他们刚才看见他了吗?

看见他的是不是只有可怜的阿尔菲啊?

拉奇的脑海里刚闪过那只受伤小狗的画面,就听见一阵可怕的哀号。这是一只受伤的狗发出的叫声。

拉奇紧张地环顾四周。那声音是从哪里发出的?似乎很近,但却找不到声音的来源。

他四下里搜索了一阵,发现地上有一道裂缝。他猛然一惊,想起方才掉进地缝的那一抹灰影。

是地狗! 他心想。她肯定对狗类之间的战斗火冒三丈,于是吞吃了一只狗,以此来警告他们。拉奇挪着僵硬的腿从地缝边向后退。如果地狗真的发怒了,谁知道她接下来会做什么,或者谁将承受她的怒火?

他要远离那道地缝,越远越好。那个痛苦的声音他感觉很陌生,肯定不是拴绳狗——尽管他刚才只是瞥了一眼影子。那只发出哀号的狗是一个陌生者——是敌人。

不能信任那群野狗。我为什么要救一个陌生者呢？

虽然这么想，但拉奇却觉得浑身不自在。一股莫名的冲动将他拉了回去。他竖起耳朵认真听。那个绝望的、祈求的哀号声勾起了他最近的记忆，还有那个气味——熟悉得令他有些急躁，可是裂地吼遗留下的各种混杂的气味使他始终抓不住那个模糊的念头。

拉奇用力抖了抖身体。他不能对一只处境危险的狗袖手旁观！不管对方是朋友或是敌人。拉奇绝不会忍心撇下一个垂死的同类。妈妈曾经怎么说来着？品格高尚，珍惜荣誉。他不能背叛狗武士精神。

深吸一口气，拉奇小心翼翼地绕到地缝边缘。里面很黑，等眼睛适应之后，他看见一个蜷缩的身影。

是那只无影狗。

原来是那只混血狼狗的副手，刚才在战斗中就是她上蹿下跳，向敌人发出攻击的命令。如今她趴在一条狭窄的石沿上，吓得浑身发抖。她的头搁在石沿边缘，睁大眼睛瞅着黑黢黢的无底深渊；拉奇站在地缝边，松散的小石块不断滑落下去。无影狗仰起脸看见了他，顿时目瞪口呆。

拉奇大惊之下后退了一步。

是斯维特！

那个铁笼内的朋友——那个和他一起从坍塌的牢房里逃生的伙伴……

当初她离开拉奇，独自去寻找团队的时候，拉奇还担心她能否存活下来呢。

没想到——她竟然和野狗群混在了一起!

她哀号着,漂亮的眼睛被强烈的阳光照得不停眨动。认出拉奇的她也发出了一声惊呼。

"你怎么会在这里?"

他们同时问对方,然后大眼瞪小眼。过了好一会儿后,拉奇摇了摇头。

"这个不重要啦,斯维特。得想法子把你弄出来。"

斯维特浑身发抖,紧贴着石壁说:"可我不知道该怎么上去。"

拉奇向前挪了一小步,来到地缝边,刚蹲下身子,爪子下的石子便簌簌地往下掉。后退!拉奇迅速离开边缘,吓出了一身冷汗。

"你掉得不深,能不能用爪子勾住地缝边缘爬上来?"

"恐怕不行。"斯维特胆怯地说,"万一抓不牢,我就——"

"我帮你。你必须试一试!"

斯维特小心翼翼地站起来,缩成一小团,仿佛准备睡觉似的。她的尾巴紧紧夹在两条后腿中间,修长的身体因为恐惧而颤抖不已。她迟疑着后腿直立,前爪扒住石壁。

"后腿用力蹬,然后用爪子扒住边缘!别害怕,你能行的,斯维特——扒住就行——"

斯维特沿着陡峭的石壁慢慢往上爬,后腿悬在半空晃荡。忽然,她爪子一滑,身体开始下沉,顿时吓得大喊大叫。拉奇疾步上前，朝地缝里探出半个身子，及时地咬住了斯维特的后颈。感谢地狗，他爪下的碎石支撑住了他的体重。嘴里噙着斯维特的后颈，他无法给对方加油，只能用力往上提。斯维特吓得不停扭动，两只爪子使劲拍打拉奇的嘴。

这时，就听身后咔嚓一声。拉奇灵魂出窍，拼命地咬着斯维特往后拖。斯维特也配合着用后腿猛力一蹬，身体终于从地缝里弹跳了出来。拉奇刚用肩膀将她撞开，便见一棵大树轰然倒地。

两只狗大口喘着气，身体几欲虚脱。

惊魂稍定，他们便齐声欢呼，高兴得又蹦又跳，相互扑打，不住地舔啊、叫啊。

"这是我们第二次战胜裂地吼！"拉奇说。

"没错！拉奇，你的运气超神奇啊①！"斯维特叫着说。

"我以为再也见不到你了！"

"我也以为再见不到你这只不合群的狗了呢！"斯维特快乐地轻咬拉奇脖子上的毛。

"斯维特……"拉奇稍稍后退，上下打量着斯维特，怎么也无法把眼前乖巧的小狗和凶狠、野蛮这两个词联系起来，"你的狗群为什么袭击……那些狗？"

斯维特带着鄙夷的口气惊叫说："那些什么？他们也配叫狗？你刚才看见了吧，就凭那群乌合之众，怎么敢侵入我们的领地呢？"

---

① 拉奇的名字Lucky，是幸运、运气的意思。

"你——和我想的差不多。"拉奇转移视线,低头去舔自己的胸口。看得出来,他们不会打仗。"你的团队够——"够凶残,他很想这么说——"他们喝一壶的。"

拉奇不知道自己为什么不敢承认他和那些狗是一伙的。

我为他们感到害臊吗?

"一群拴绳狗而已。"斯维特嗤之以鼻地说,"我不知道他们来这里做什么,不过他们以后肯定再也不敢惹一群真正的狗了。这次对他们来说是个教训。"

拉奇心想:*亏我还总担心她不够坚强,无法生存下去。眼前的无影狗难道真的是以前那个看见长脚*①*尸体就吓得发抖的斯维特吗?*

看见拉奇一脸惊讶,斯维特固执地梗着脖子说:"这个教训很必要。那些拴绳狗们不会再犯类似的错误。我们也是为他们好。"

"你说得对。"拉奇说,内心十分愧疚。*这是我的错。*

"我当然对啦。"斯维特说。

"而且我当初执意要寻找一支团队也没错啊!拉奇,我舍不得离开你……可是我找到了心目中理想的团队。他们很强大,很有组织性——"说到这里,她忽然打住,疑惑地看着拉奇,"可是,你怎么会跑到离城市这么远的地方来?我以为你不肯离开城市呢。"

"我非走不可。"拉奇对她说,"城市里充满了杀机……你

---

① 狗对人类的称呼。

当初的决定很正确。"

斯维特开玩笑地说:"我一贯正确。"

拉奇温柔地舔了舔她的鼻子。"我不是独自离开的,而是和一支团队"——他不打算说明是哪支团队——"我正在外面溜达,就听着这里有打斗声。"他垂下头,嘴里发出一声哀叹。"狗们彼此争斗!我们都是裂地吼事件中的幸存者啊!这令人感觉……怪怪的。于是我就过来看看。"他觉得自己说得太多了,于是闭住嘴巴。

斯维特吃惊地说:"你居然和一支团队在一起?我以为你讨厌团队呢!你不就是因为这个才和我分开的——"

"事情不是你想的那样,斯维特。"他不知道该怎么解释。

斯维特沉默不语,眼睛盯着脚下的地面。当她再抬起头时,双眼已经充满了愤怒和委屈。"你曾说你是一只'独行狗',想要过自由自在、不受约束的生活!"

拉奇想起自己在食物房里对斯维特说过的话,想起自己拒绝和斯维特一起走,感到十分羞愧。

"我真的不太合群。"他说,"这完全是阴差阳错。我见他们茫然无助,才和他们一起同行的。我们虽然素不相识,但他们需要我的帮助,于是我就帮了。若你当初不离开我,我也会帮你的。"

"我并不想和你分开。"斯维特低声说,"你想留在城市里,而我需要一个团队。拉奇,我希望你能理解我。"

拉奇暗暗惭愧,他非常理解斯维特的感受,甚至远远超出她的想象。"你终于找到了你的团队，斯维特，你一定表现得很出色吧，战斗时，他们都听你的指挥呢。"

"我进步很快。"斯维特不情愿地说，"世界变了，我只是在适应团队的生活罢了。"

又起风了。拉奇仰起头嗅了嗅，风中混杂着生命和死亡的气息。

"我得走了，斯维特。"

"走？去哪里？"

拉奇没有回答，心里暗自思忖。他现在急于找到贝拉和其他的伙伴，同时还牵挂着阿尔菲的伤势，但他不能对斯维特说出自己的想法。他刚才还表现出和那些劣等狗毫无关系的样子，现在可不能出尔反尔。

斯维特拱了他一下，说："拉奇，干吗不和我一起走呢？去和我的团队会合，你会喜欢他们的。你刚才救了我的命，所以他们一定会喜欢你的。"

"我不知道……"

"拉奇，你单靠自己很难生存。下一次裂地吼再来怎么办，到时候可不会有狗像你搭救我似的去搭救你。而且，好多溪流都有毒！你可能找不到干净的水源。所以，还是跟我一起走吧！"

拉奇不由得一颤，他赶快抖了抖身体加以掩饰："很抱歉，斯维特。我还是想当一只独行狗。"

"狗有时需要聚成团。"斯维特仰脸说，"你很强壮，头脑也聪明——你该把力量贡献给团队，而不是自顾自的！"她越说越火，但随即声音转为柔和，"拉奇，我保证你会过得很愉快。"

拉奇移开目光，倔脾气又犯了："我自己过活会更愉快。"

斯维特垂下头："你不会为我改变心意，是不是？那么我希望你能过好。多保重。"

"我会的。"拉奇大步离去，强忍住回头的欲望。

斯维特在布满裂纹的大地上奔跑，姿态优美地跃过一根根木头。拉奇的脑海里飞速闪过一幅幅画面：斯维特被食物房内的长脚尸体吓坏了，从里面冲出来。那时她的速度和现在一样快，却给他截然不同的感觉。她的头高高昂起，耳朵竖立着，光滑的皮毛下肌肉显得强健有力。

拉奇突然有一种强烈的冲动，想追过去把她叫回来，问她是否愿意与自己同行。贝拉的团队需要她这样的队友。如果他们以后再也无法相见怎么办？他会常常思念她……

但一切都晚了，斯维特已经消失在视线外。现在拉奇唯有继续寻找那些拴绳狗们。

他迈着脚步，心里忐忑不安。

*他们不会有事的。*他对自己说，*上次裂地吼没能杀死他们，这次他们当然也能活下来……*

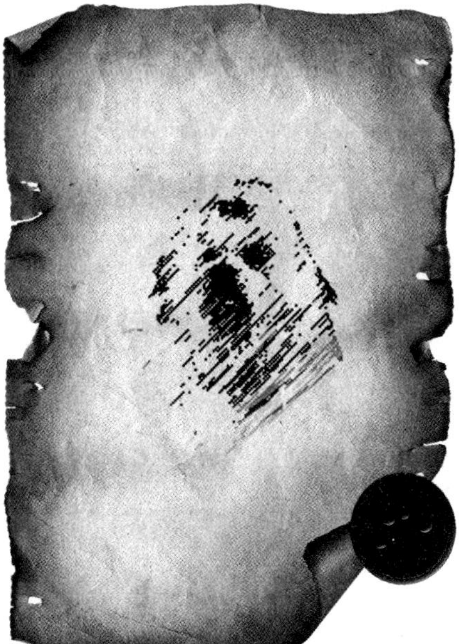

第三章

拉奇没有花费太大的力气，就找到了贝拉他们的踪迹，循着一条路深入山谷里。他只需要跟着阿尔菲和玛莎留下的血迹找就行。一股股血腥味令他骨子里都是冰凉的；在焦急情绪的驱使下，他快速跳过地面上的一道道裂痕，强行在树枝间闯出一条道路。

他想，至少，山谷很快就能恢复原貌。树苗会生长起来，取代原来的大树。裂开的地面和连根拔起的灌木丛会被新的植被覆盖，一切被破坏的痕迹都会被掩盖起来。

城市就不行了，不可能像野外一样自我修复。

跳上一根粗大的橡木，拉奇看见了前方不远处的河流。和城市附近的河流一样，水面上浮着一层彩虹色的污物。他离开贝拉团队的时间并不长，没想到毒水竟然已经扩散到这么远的地方了。拉奇心里一沉，或许山谷恢复的速度不会像他预想的那么快……

河岸陡然下沉，在流水的冲刷下，树根暴露在外。他跳下沉降的地面，发现树根下有一个沙洞，里面有七只受到惊吓的拴绳狗正聚在一起。

"你不会有事的。"戴兹舔着玛莎的伤腿说,"但你需要静养,不能再随意活动。"

布鲁诺守着奄奄一息的阿尔菲。阳光盯着这只可怜的小狗,悲伤地说:"他需要看兽医!他真的快不行了!真希望我的长脚主人在这里!"

"这也是我们希望的。"米琪身体发颤,但仍不停地舔着她安慰说。

这时,戴兹抬头冷不丁地看见拉奇,顿时吓得尖叫。其他狗也都或跳或爬着站起来,你挤我推,乱成一团。*他们肯定把我当成野狗了*,拉奇明白过来。于是他轻柔地叫了一声,从阴影里走到大家面前。

"是我啊。"拉奇说。

震惊的神态在他们的脸上一览无遗,但贝拉最先反应过来,惊喜地跳过去,把脸凑在拉奇的脸上。

"你回来啦。"

"拉奇!"其他狗也走上前,呜咽着舔他,只有布鲁诺仍守着阿尔菲,没有向拉奇打招呼。拉奇听到他发牢骚说:"你这位大英雄回来得有些晚了。"

阳光和戴兹跳过来和拉奇碰了一下鼻子,但显得有些意兴索然。小沙洞内充溢着悲伤的气氛,即使河流上散发出的刺鼻酸味,也掩盖不住这里的血腥气。拉奇忐忑不安地来到阿尔菲的面前,见他眼睛半合,呼吸非常微弱,几乎看不到两肋的起伏。

"拉奇，我们该怎么办才好？"米琪哀声说。

大家都沉默地看着拉奇察看阿尔菲的伤口。只见伤口处皮毛翻开，露出鲜红的肌肉。拉奇心里一片冰凉。

阿尔菲呻吟了一声，连抬头和拉奇打招呼的力气都没有。他身下的沙土浸透了黑红色的血迹，但伤口处的血流已经减缓，不再像先前那样汩汩往外冒。

拉奇痛苦地闭上眼睛，不忍心告诉大家实情。

"他的血流减缓了。"阳光话里包含的那一丝微弱希望更让拉奇感到难过。

他舔着阳光的鼻子，说："对于阿尔菲的情况，我们无能为力。"

"可是……"戴兹停顿了一下。

拉奇深深地看着她，心情沉重地说："血流减缓是因为地狗已经把他的血吸走了大半。你注意到阿尔菲的眼睛了吗？"

玛莎犹豫地凑过去看。"他的双眼非常浑浊，似乎看不到任何东西。"

"阿尔菲的生命力正从他的体内流出，飘荡在我们周围。"拉奇低下头，看着呼吸近乎不动的阿尔菲。

拴绳狗们再次陷入沉默，玛莎爬过去，和阿尔菲碰了碰鼻子："唉，可怜的小伙伴。"

"这不公平！"阳光呜咽说，祈求的眼神让拉奇心如刀绞。随即她发出一声恐怖的、悲痛的号叫："为什么会发生这种事情？"

拉奇知道，在这种群情悲痛的局面中，自己必须要保持坚强。

贝拉仰起头发出哀号，接下来，米琪和戴兹也加入进来。就连一向淡漠的布鲁诺也发声宣泄自己的悲伤。

拉奇温柔地舔着阿尔菲的脸。

"他还是只幼崽啊。"玛莎轻声说。

拉奇舔着伙伴们的鼻子，努力安慰大家说："我们只是眼睛看不到阿尔菲罢了。但他仍然和我们在一起，就在我们的周围——空气里、水里和土里。"

阳光猛然离开拉奇的身边。拉奇不明所以，吃惊地眨巴着眼睛。

"你说这个有什么用？"阳光大叫，"我就是要用眼睛看见阿尔菲！要他活生生地和我们在一起！"

拉奇没有回答，他很明白阳光的感受，现在用生命力之类的话安慰大家根本没用。那一幕痛苦的画面又浮现在脑海：阿尔菲看到拉奇出现，这才决心要在他面前好好表现一番，于是勇敢地冲向混血狼狗，结果付出了生命的代价。

唉，可怜的阿尔菲，拉奇悲伤地想，*若是你没有看见我该多好。*

他又低头轻柔地去舔阿尔菲的鼻子。现在阿尔菲已经没有了呼吸。贝拉走到他旁边，用鼻子去拱阿尔菲的耳朵，其他狗也都围过来。

"阿尔菲，我会想念你的。"戴兹悲伤地说。

"我们都会想念你的。"米琪轻轻地拱阿尔菲的尾巴,"一路走好,我的朋友。"

"在另一个世界里多保重。"阳光肝肠寸断。

拉奇稍稍后退,看着大家向阿尔菲告别。他希望能够亲眼看见阿尔菲的灵魂从躯体中出来,进入树林里、空气里、云朵里。那将是一种安慰,能够见证阿尔菲最后一段生命旅程,大家都能好受些。

可是躺在干燥土地上的,只有那具小小的、毫无生气的尸体,死亡的气息也开始散发出来。阿尔菲的身体已经变成了空壳——没有呼吸,没有灵魂,没有生命。拉奇身体发软,趴在地上,和大家一起发出哀号。

阳光说的没错:这不公平!

他忽然觉得斯维特的观点如此正确:他以前并不了解什么是群体生活,什么是团队传统。他想举行一个葬礼,却不知道该怎么进行。若是一只城市狗死了,长脚们会把尸体带走。或许他早该问问斯维特群体生活的内容。有许多许多该问斯维特而他却没有问的事情。

拉奇站起来,犹豫不决地说:"眼下我们所能做的,就是把阿尔菲留在这里。地狗会吸收掉他的身体。"

"把他留下来?!"阳光惊恐地叫着说,"不要把他孤零零地撇在这里!"

"当然不会。"戴兹耸了耸肩,"若是那样,乌鸦和狐狸会吃掉他。我们不能对阿尔菲做这种事!"

"戴兹说得对。"米琪附和说,"拴绳狗死后,长脚主人会把他埋起来,有的还会摆上鲜花,在坟地上垒几块石头。那才是恰当的做法。"

"那是长脚的做法。"拉奇嘟囔着,当然,声音小得只有自己能听见。他现在不想和伙伴们产生纷争,显然他们要做出某个决定的时候,仍旧把自己定位为拴绳狗。

"戴兹、阳光和米琪说得对。"贝拉站在旁边的一块岩石上,目光坚定地看着大家,表现出了一个团队领导应该有的样子,"我们就照着长脚主人的做法,把他埋进土里。"

拉奇吃惊地发现,这个决定一下,大家的悲伤立刻有了轻微的缓解。他们彼此点点头,抖了抖身上的毛,站立得更加笔直。

是了,拉奇心想,这种方式对野狗们来说不正常,但对他们却是合情合理。阿尔菲并没有因自己是长脚的宠物而感到羞耻。既然是为阿尔菲办葬礼,那么就要按照阿尔菲的方式办——如果他还活着,想必也会赞成。

忽然,拉奇对所有的狗神产生了极大的愤懑。

河狗!森林狗!天狗!你们就不能帮帮他吗?你们就不能保护我们这位勇敢的朋友免遭混血狼狗的毒爪吗?

他还那么小……

河岸边的土壤更为松软,于是拉奇帮贝拉、米琪和玛莎挖了一个坑。因为阿尔菲个头的缘故,坑并不深。

玛莎说得没错,拉奇悲伤地想,阿尔菲还是只幼崽啊,还有幼崽那种愚蠢的勇气……

对于阿尔菲来说，这是块理想的葬身之地。若是灵魂能够在这片丛林茂密、宁静祥和的山谷内安息，阿尔菲会很快乐吧。将来某一天，河水甚至也会变得再度清澈。

"我们该把那个球和他葬在一起。"戴兹低声说，"他一直带着那个球，即使在……"

"在长脚主人的房子倒塌时，在他差点儿死的时候。"贝拉的眼里闪着泪光，"我们那时把他救了出来。啊，天狗，今天为什么不让我们救活他呢？"

"他的球不在这里。"布鲁诺怒吼说，"拉奇让我们丢掉了长脚主人的物品。"拉奇知道他并没有真的发怒，他只是在掩饰自己深切的悲痛。

拉奇无比愧疚，身上感觉痒痒的，但并不想去挠。当时认为正确的，现在却显得错误。"地狗会照料他的。"他说。这句话就连他听起来也觉得很空洞。

玛莎叼起阿尔菲，缓慢地一步一挪，仿佛生怕弄痛阿尔菲似的。尽管她的腿受伤了，但移动瘦小的阿尔菲仍不是大问题。她小心翼翼地将阿尔菲的尸体放进坑里，其他狗一起协助将泥土填进去盖在阿尔菲的尸体上，直到阿尔菲消失在大家的视线里。所有的狗都停下动作，凝视着阿尔菲长眠的地方。夕阳西沉，余晖洒在阿尔菲的坟头上。

"把他留在这里，总感觉不大对劲。"戴兹低声说。

"我明白你的意思。"拉奇说。令他惊讶的是，他真的明白戴兹的意思。

"假如那些可怕的狗回来怎么办？"阳光一边轻轻地扒着坟土，一边问。

拉奇摇摇头说："他们也被裂地吼吓跑了。我们该留下来陪陪阿尔菲。"

"我同意。"米琪平静地说，"我们要守到天黑，以此作为告别的方式。"

拉奇点点头，喉咙有些发堵。

"我感觉这个主意很不错。"阳光抬头看着大家，"你们说呢？"

米琪温柔地舔了舔她的脖子，然后在地上扒了三下，鼻子接触地面，哀声说："地狗啊，请照看我们的朋友。"说完，他仰头对天发出号叫。

声音撕心裂肺，接着其他狗也都仰起头一起号叫。

"地狗啊，照顾好阿尔菲！"

"替我们守护他！"

"保护好他的灵魂！"

拉奇沉默而又充满敬意地看着伙伴们。眼前的一幕令他感到既陌生又无法理解。或许这是一种新式的葬礼吧。整个世界都在变化，狗也随之发生改变。

天色暗得很快，阿尔菲小小的坟头隐没在黑暗中，但哀悼的号叫仍在继续。这是拉奇见过的最奇怪的葬礼，但他承认，经过这个葬礼，沉重的心情稍稍好转。他知道，不论贝拉和其他狗有多么悲伤,这个葬礼之后,大家的心情都会和他一样。通过一种仪式把阿尔菲送入地狗的怀抱,的确是一种安慰。

和每次睡觉前一样,拉奇习惯性地绕了一圈,然后趴在地上,下巴搁在前爪上。他闭上眼睛,伙伴们的号叫声对他是一种心灵的安抚……

突然,他从梦中惊醒,身上的毛竖立着。

就在半梦半醒之间,他听到了一个声音,那声音不是充满悲伤,而是威胁十足。一个遥远的回忆被唤醒。*那声号叫……*

但此时,他听到的只是伙伴们的哀号。

拉奇再次合上双眼,沉沉睡去。

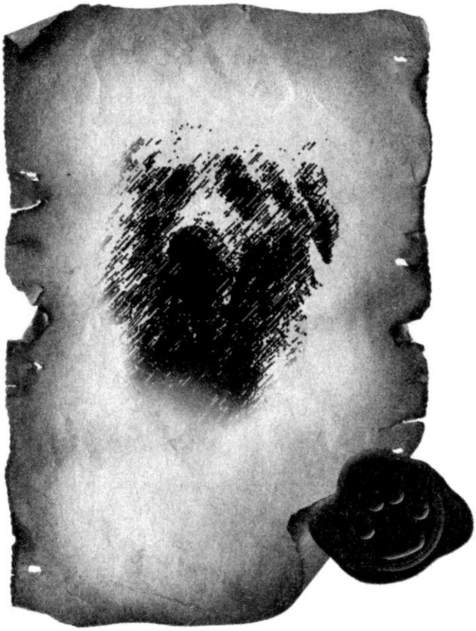

第四章

太阳照在拉奇的背上,驱散了昨夜的寒冷。

贝拉和他并肩沿着小河溯源而上,一路上不安地盯视着河面。晨曦下,水面五颜六色,虽然美丽,却令他们感觉有些毛骨悚然。

早上,拉奇刚刚睡醒,还没等伸个完整的懒腰,贝拉就过来对他说:"咱们侦察一下周围的情况,看看那些狗有没有再回来。"

拉奇觉得妹妹并非谨慎过度,而是想找个借口单独外出。

看来,贝拉有心事。

走了一阵,拉奇说:"给我说说昨天的冲突经过吧。我在很远就听到了。"

贝拉叹了口气,说:"太可怕了。不过当时我们根本无法回避。"

"你们怎么遇见那些狗的?事情的起因是什么?"

"是玛莎首先发现了对方。"贝拉停顿了一下,朝小河扬了扬鼻子,"她跳到河里游泳,发现毒水扩散到这里而且不断向下游蔓延。于是她跑回来告诉我们这个情况。她当时特别沮丧，从这件事情上你就能看出她对河狗的感情有多深厚。"

拉奇点头说："河水污染的情况一目了然。贝拉，这不是好兆头。"

"的确不是。"贝拉又叹了口气，"我们立刻知道这里待不下去了。可是我们当时想啊，这片山谷很大，而且物产丰富，附近肯定会有干净的水源。于是我们就到处寻找。"

"你们找到了吗？"

"这里不远处的一个地方就有大量净水。我还从来没有见过那么多的水呢——咱们中任何一只狗都没见过。很奇怪，拉奇——就好像是狗园里的一个池子，不过面积非常大，而且很幽静。"

"那是一片湖泊。"拉奇说，"接着发生了什么？"

"因为没见过湖泊，所以一开始我们不敢喝里面的水。可是我们实在太渴了，玛莎先忍不住下了水，然后是布鲁诺，最后我们都在水里嬉戏打闹，尽情喝水。我以为麻烦结束了。"

"但是你们进入了其他狗的领地——"

"是啊。"贝拉的头和耳朵耷拉着，"我们并不知道，直到撞见了一只巡逻狗。对方只有一只狗，当时双方僵持了一会儿——他和我们一样都惊呆了。然后他就跑开了。他的腿真长，跑得飞快。我们听见他高叫着发出警报，在他返回时，身后跟了一群狗。"

"然后他们就发起了攻击？"

"起先没有。"贝拉停下脚步，趴在地上，闷闷不乐地舔

43

着爪子,"我尝试向他们解释。我当时问,我们能否喝湖里的水——大家共享可好?这里的水这么多,任谁都喝不完啊!"

拉奇难过地摇了摇头:"事情不会这么简单的。"

贝拉生气地说:"可我不能退缩,拉奇。如果我们退回去喝那条河里的水,我的团队就活不成了。我一而再,再而三地和对方沟通。我真的尽了最大努力。"

"贝拉,我知道。"拉奇心里一阵恼怒,那些野狗对外来者实在太冷漠了。

贝拉的尾巴重重地拍打着:"我说得越多,他们的火就越大。好像我的尝试冒犯了他们似的。最后,他们的首领下令攻击。我们扭头就跑,一直跑到小河边,被河水拦住……"

拉奇舔了舔她的鼻子,说:"我听见这里有战斗声,于是赶回来,大老远的就看见你们在打仗。当时我就想上前帮忙,但又必须谨慎从事,冒失地加入战斗会把事情弄得更糟。可我没想到阿尔菲……"他的声音被堵在了嗓子里。

如果我那时和他们一起战斗,能够阻止不幸发生吗?是不是阿尔菲就不会死了?

拉奇忍不住想,假使当时他在场,肯定会采取截然不同的方式去处理这件事。混血狼狗的第一次拒绝,便足以令他扭头就走。贝拉本该忍气吞声地退走,再寻求别的方法——挑战野狗群的首领简直就是自找麻烦。

或许他的回归本身就是个错误。虽然伙伴们很欢迎他回来,但是……还没等他出手,裂地吼已经阻止了双方的战斗。

若不是他露脸，阿尔菲或许永远不会产生愚蠢的勇气去攻击混血狼狗。想到这里，愧疚感便如芒刺在背。

"好啦，"他随后说，"我们回去吧。"

贝拉慢慢站起身，尾巴和耳朵仍然下垂着，兄妹俩沿原路返回到他们的临时营地。尽管阳光明媚，但天空却仿佛阴沉沉的。拉奇真后悔自己谈什么战斗。

看见团队里的其他狗，拉奇立刻发现要做的事还有很多——他们真的迫切需要一个有生活经验的朋友来伸出援手。米琪正趴在一个积水坑边，饥肠辘辘地舔着坑内的雨水，水坑都快要见底了。

拉奇上前把米琪顶开，说："这里的水不能喝。"

米琪害羞地垂下耳朵说："没有可以喝的干净水啊，拉奇。喝水坑里的水总比喝毒河里的水安全吧？"

拉奇侧头想了想。不得不承认，米琪说得有道理。

"我们不能依靠雨水生存。"他舔着胸前的毛，边想边说，"地狗很快就会把雨水都吸走，剩下的都是污泥汤。"

"但玛莎受伤了，"米琪说，"她不能走远路。"玛莎此时正躺着，用舌头清洗腿上的伤口。

"我知道啦！"戴兹高兴地跳起来，尾巴摇摇摆摆，"还记得之前我们祭祀天狗吗？我们现在可以祭祀河狗啊！送给他一个礼物，或许他就会为我们把河水澄清！"

小家伙头高高昂起，舌头耷拉着，显然为自己能想出这么绝妙的点子而得意。拉奇不以为然。据他所知，狗神们插手凡狗的事务时，从来不会表现得很迅速，也不会这么明显。可在这种绝望的时候，他又怎么能打击大家的积极性呢？河狗或许会对祭品感到满意，如果团队里有谁能得到他的垂佑，那绝对是玛莎。因为她对水很有感情，而且爪子上还长有爪蹼。

"这个嘛，"拉奇缓缓地说，"值得一试。但我们拿什么来祭祀河狗呢？"

"拿食物！"阳光兴奋地叫起来，"我们献给他一只兔子，或者一只松鼠？"

拉奇瞅着她，嘲讽说："你有食物？何不拿出来给大家分享呢？"

"呃……"阳光的耳朵立刻垂下去。

"没有，"贝拉暴起吼叫说，"我们什么也没有！"

"我们……我们可以找找？"阳光说，但连她自己都觉得这个想法有些不靠谱。

戴兹在她的耳朵上舔了一下，安慰说："我觉得就算我们找到吃的，河狗也不会要，而是让我们来维持生命。我们再想想别的法子。"阳光尴尬地垂下头。

这时，拉奇微微感到遗憾。如果阳光仍然不把食物当回事，即使是偶然的念头，那么说明她还没有真正理解在野外生存的含义。

米琪躺在地上，头枕着长脚主人的手套。这只手套他从城市一直带到这里。忽然，他嗅了嗅手套，抬头说："我有个主意。除了吃之外，我们狗类还喜欢什么？"他环视大家，"是玩耍呀！我的长脚小主人经常戴着这只手套和我玩抛接游戏。"

"有什么用吗？"贝拉问。

"所有的狗都喜欢玩抛接游戏，不是吗？咱们去给河狗找一根棍子吧！"

贝拉仰起头，想了想说："这个主意或许有效。"

拉奇也不能确定，但米琪的兴致已经起来了："那就开始吧。我敢说，咱们能找到特别的东西来献给河狗。不过在此之前，我们先问问玛莎，看河狗喜欢什么。"

贝拉赞同地叫了一声。

对拉奇来说，这个主意听起来是拴绳狗们的一厢情愿——*河狗怎么会想要什么玩物呢，难道他还需要有一个长脚主人去逗他吗？*——不过如果这么做能调动大家的情绪，那倒值得一试。或许大家的好意能感动河狗呢，至少不会反感吧。

米琪在幸存下来的树林里活蹦乱跳，鼻子嗅来嗅去。其他狗也都跑过去，鼻子戳进残枝败叶里一阵乱嗅。显然，有事情做能够缓解大家的紧张情绪。拉奇受到大家兴奋心情的感染，也加入到寻找棍子的行列里，而且居然还看到了一丝生存的希望。主动追求某个东西的确比消极逃避更能令人振奋。

"这根怎么样？"布鲁诺嘴里叼着一根桦树枝，含糊地说。

大家都过去检查。这根棍子的形状堪称完美，质地光滑而坚韧，中间稍稍弯曲，恰好方便嘴叼。于是大家把树枝拿给玛莎看。玛莎侧着头，在这根银白色的棍子上嗅了一阵子，最后宣布说："非常漂亮，我想河狗会很喜欢的。"

大家吵吵闹闹地朝河边走去。玛莎叼着宝贝棍子，一瘸一拐地走在队伍前方，布鲁诺陪护在旁，骄傲地挺胸抬头。

来到坍塌的河岸边，玛莎俯下身子，轻轻地放下礼物。大家都帮她把棍子往小河里顶。棍子起先被水里的草缠住，但随着大家最后一顶，棍子终于挣脱水草的缠绕，向更深的水域漂浮过去，在湍急的水流里打转转。

"河狗啊！"玛莎哀求说，"请帮助我们吧。我们需要干净的饮用水。"

其他狗也齐声附和，眼瞅着棍子在河里的鹅卵石之间穿行，进入到河中央的急流。看着载沉载浮的棍子，阳光兴奋地大叫道："河狗在玩棍子！看见了吧？他真的在玩哎！"

狗们兴奋地喘着粗气，盯着棍子顺流而下，漂到平静些的水面，在那一层绿色的水面上荡起层层彩虹色的涟漪，然后一个旋转，从大家的视线中消失了。

玛莎的耳朵垂下来，轻声说："可怜的河狗。他肯定和我们一样，也痛恨河水被毒害。或许他自己都生病了呢。"

"希望他能喜欢我们的祭品。"贝拉拱了拱玛莎的脖子说，"我们已经把能做的都做了，很快就能知道河水是否发生了什么变化。"

在大家转身回营地时，拉奇捕捉到了妹妹那带着焦虑的目光，心里暗想：原来她和我一样，都心里没底。

不过至少在贝拉的鼓舞下，整个团队的意志并没有就此消沉下去。看着大家围成一圈，虔诚地向天狗祈祷，拉奇感到十分欣慰。

头枕在妹妹温暖的肚子上,拉奇睡得踏实多了。至少他们在努力适应野外的生活方式。要想在这个空虚而破败的世界里生存下去,他们就必须理解它、融入它,正如过去拉奇努力融入城市生活一样。

他知道这并非一蹴而就。然而此时,太阳落下了山,拉奇内心的希望却像长了翅膀一样扑扇起来。

*或许他们能够适应,*他心想。

咔嚓一声,拉奇从沉睡中惊醒。他猛然抬头,全身绷紧,只感觉到冰冷的雨点打在身上。耳朵贴在脑门儿上,他抬起头,恰见一道霹雳刺破夜幕——天狗再度发出一声怒吼。

贝拉依偎在他身旁,簌簌发抖。其他狗也都醒了,在雨中发出焦急的哀鸣。雨点从天而落,如石子般坚硬,砸得拉奇缩成一团。不一会儿,他的毛便湿漉漉地粘成一团。电光闪耀间,天狗在众狗的头顶上发出威风凛凛的吼声。

阳光跳起身,大声尖叫着,其他狗也随之一起叫喊。拉奇站在惊恐的众狗中间,被吵得头昏脑涨。

"出什么事了?别吵啦!"

"拉奇,暴风雨来啦!"戴兹吼叫说,"我们需要找个地方躲起来!"

拉奇喊叫着让大家冷静,不过没有狗理会他。就连一贯冷静的布鲁诺也哭喊着在树林间乱闯乱撞。

"只不过是暴风雨罢了!"虽然拉奇知道这场暴风雨会很猛烈,但当务之急是要让大家冷静下来,"你们现在是野狗了,不过是几道闪电,天狗嚷嚷两声罢了,不需要害怕。"

"可阳光说得对啊。"一道闪电在头上炸开,玛莎吓得趴在地上惊叫,"现在没有地方可以躲藏!我们该往哪里跑?"

拉奇理解他们的恐惧——想必过去每逢暴风雨来临,他们的长脚主人都会把他们安顿在狗篮或狗窝里,任凭电闪雷鸣,照样安然无恙。虽然他曾经带领大家经历过一次闪电,但这次的闪电实在太凶猛了。拴绳狗们还没有亲身体验过一次实实在在的暴风雨呢。

"你听天狗们的叫声,"米琪哀号说,"他们发怒了!"

"他们是在冲闪电发怒!"拉奇大声说,但他的声音很快就被天狗们吼出的雷声淹没了。

玛莎用巨大的爪子紧紧按在耳朵上,说:"他们派遣闪电狗来焚烧大地。他们一定生我们的气了!"

阳光来回奔跑,用惊叫来缓解她的恐惧。最后,她实在跑不动了,于是趴在玛莎的两腿中间,身体抖得十分厉害。

"还有完没完?"她哭泣着说,"先是裂地吼,然后是一群可怕的野狗。现在天狗和闪电也要找咱们的麻烦!我们太倒霉了!遇到的除了麻烦还是麻烦!"

"阳光,冷静!"拉奇说着,去舔小可怜的黑色鼻头。但阳光把头埋进玛莎的毛里,不让他舔。

拉奇心急如焚。这些拴绳狗们已经完全陷入了巨大的恐慌而难以自拔。米琪傻呆呆地望着天空，玛莎站起来，开始一瘸一拐地朝小河走去，完全没有发觉躲在自己身下的阳光。而阳光呢，依靠的大块头突然离开，吓得她大喊大叫。布鲁诺则忽然摇摇晃晃地朝空地走去。

*他们都在跑！*拉奇吓了一跳。整个团队开始分散。他只得前后奔跑，不知道应该先追哪只狗。

他们成了一盘散沙……他们会被闪电灼伤的……

而且，敌人就在附近！

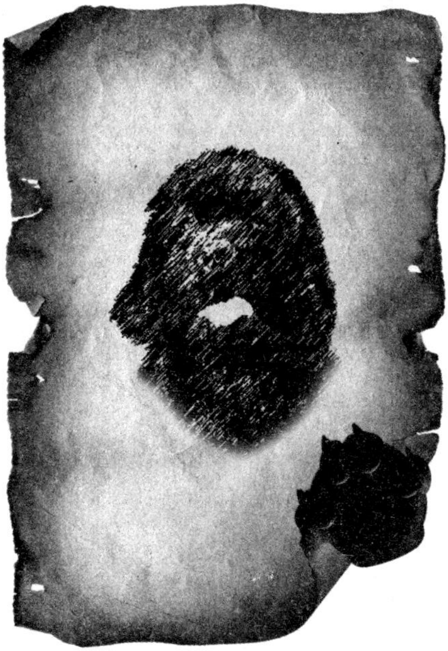

第五章

拉奇浑身湿透，仰头静静等候着，趁着天狗怒吼的间隙，他使足力气大声命令说："向我靠拢，快！"

拴绳狗们一怔，相互看了看，然后便哆哆嗦嗦地朝拉奇爬过去。拉奇一边高声鼓励大家，一边带领他们向密林深处走去。尽管在树林里可能会被倾倒的大树砸中，但若任由拴绳狗们跑到开阔空地上会更加危险，一旦被闪电击中，连性命都活不成了。阳光起初犹豫不定，但在拉奇的怒斥下，最终乖乖地跟在后面。拴绳狗们低垂着头，尾巴夹在后腿之间，跟随拉奇爬进茂密的灌木丛里。

树林渐渐稀疏，最后大家来到一个方圆只有几步的空地。一棵高大的松树孤零零地耸立在空地中央。拉奇把大家聚集在空地边缘的一处灌木丛内，也不知为什么，他总觉得大家要想躲过天狗，就必须待在这里。

层层树叶将暴风雨拒之门外，雨水打在身上也不像先前那样疼痛了。大家的呼吸由急促开始转为平缓，哀号声渐渐变小，身体抖得也不是那么厉害了。拉奇松了一口气。米琪左右摇摆脑袋，嘴里大声嚷嚷，似乎意识到方才自己表现得多么弱智。透过枝叶，所有的狗都紧张地盯着天空，忐忑地等待天狗接下来的爆发。

突然，天空电光大作，闪电带着令人炫目的能量狠狠地劈向大地。闪电击中那棵松树后，瞬间燃起熊熊大火，发出耀眼的光焰。

大家都被眼前突然出现的火光吓呆了。深沉的夜幕被大树上冒起的烈焰驱散，拉奇刚刚要发出哀鸣，见状顿时又咽了回去，心里既感到恐惧又感到庆幸。

我记起来了！老猎手曾见识过许多场暴风雨，他对我说过，孤单的树最易招致闪电的攻击。

"是野火！"米琪把尾巴紧紧夹在后腿之间，大叫说。

"不！"阳光失去控制，发疯似的冲出灌木丛。

"阳光！快回来！"贝拉急喊。

阳光没有回头，而是径直冲向小河，尖叫说："河狗啊，河狗！保护我们吧！"

"不！"贝拉飞奔而出，直追阳光。下一刻，拉奇才知道妹妹看到了什么。

只见前方的小河已经面目全非，和以往看到的大不一样。小河的水面明显抬升，水流湍急了许多。寒意从拉奇的骨子里冒起，他急忙跟着贝拉追了出去，大声呼喊阳光回来。可阳光充耳不闻，继续朝河水奔去。

又一道闪电划破天空，那一刹那间，拉奇清楚地看见了情况有多么危险。河水已经高过河岸。那怎么可能？只见一条肮

突然，天空电光大作，闪电带着令人炫目的能量狠狠劈向大地，那棵松树被闪电击中后，瞬间化为熊熊火焰，发出耀眼的光芒。

HOOOOOLONG!!

老猎手曾对我说过，孤单的树最易招致闪电的攻击。

阳光失去控制，发疯似的冲出灌木丛。

河狗啊,河狗!保护我们吧!

阳光,回来!

贝拉飞奔而出,直追阳光。

脏的、泛着泡沫的白线朝他们蔓延过来。

拉奇见了眼前的情景，顿时如被闪电击中般猛然一惊。

河水决堤了！

贝拉追上了阳光，将她往回拉扯。拉奇疾步上前帮忙。他咬住阳光的一条前腿，贝拉咬住阳光的后颈，两只狗一起用力拖拽。

这时，拉奇听到嚯啦一声，接着就是河水翻腾声。

看来河狗实在是太喜欢那根棍子了，竟然激动得兴风作浪起来！

其他狗看着被强行拖回的阳光，一个个目瞪口呆，喘着粗气。把阳光撂在地上后，拉奇急忙转身朝后看去。

只见河水滚滚而来，原本清澈的河水已经被翻搅得污浊不堪。河狗在咆哮，水浪迅速逼近，最前沿是一条浓稠的、乳白色的泡沫带。

"快跑！"拉奇大吼。

不用拉奇说第二遍，群狗早就撒开四爪朝山坡上逃去。汹涌的河水漫过树林，片刻间就将他们刚才逗留的地方淹没。拉奇听见树枝被水流无情地折断时发出的咔嚓声，吓得胆战心惊，大吼道："不要停下！继续往高处跑！"河水尽管凶猛，但拉奇觉得不可能把山头都淹了吧。

等跑上山坡，拉奇招呼大家停下来时，群狗已经喘得上气不接下气。他们望着山下，只见河水已经漫过地势稍低的草地，许多树木将近一半高度的树干都被泡在水里。

拉奇抬头望天，看见乌云正逐渐散去，月亮狗的光芒从云层间的裂隙中透出，投射在河面上，闪耀着玉珠般的亮光。天上的战斗终于停止，天狗的吼声消失在天际。松树泡在污水中，树枝都被染黑了，散发出刺鼻难闻的气味。树梢上最后的一簇野火苗也被河水一口吞没。

"结束了。"玛莎喘着气说，"天狗们不打啦。"

"这是暂时的。"阳光浑身颤抖地说，"拉奇，对不起。贝拉，对不起。我刚才头脑发昏了。当时我很害怕……"

"不要太担心。"拉奇说。他觉得自己的大嗓门儿可能显得有点粗暴，于是舔了一下阳光的耳朵，安慰说："不过千万要保持镇静。信任你的队友们吧，他们是你现在唯一的依靠。"

尽管山坡上没有什么遮蔽，但和留在山下相比，最起码没有被淹死的危险。拉奇继续向上，踏着纠结成团的枯枝残叶，走过被暴风雨刮平的草地。其他狗跟随在后，由于天黑的缘故，既不敢走快，也不敢走慢，生怕掉队。

拉奇带领大家爬上山脊，竖立起耳朵。山脊的另一侧有一个小陡坡，狗跳下去不会有任何损伤，之后坡度逐渐趋缓。整个地形看起来仿佛长脚用的酒杯。这里草木茂盛，地表没有遭到裂地吼的破坏。

"我们就睡在这里吧。"拉奇建议。

"这里安全吗？"戴兹又累又怕，身体微微颤抖。

拉奇舔了舔她的耳朵，说："这里看起来还算安全。附近恐怕找不到更好的地方了。"

"拉奇说得对。"贝拉同意说,"别担心,戴兹。我们会照顾你的。"

他发现自从阿尔菲遇难之后,贝拉对于个头较小的狗表现得极为爱护。拉奇温柔地看了她一眼,说:"天快亮了,大家能睡就睡会儿吧。"

拉奇疲惫不堪,就连睡前例行的转圈圈都没有做,直接卧倒在地,身子蜷成一团,动也不想动。其他狗折腾了大半夜,很快就睡着了。但拉奇却迟迟无法入睡。

他翻来覆去,怎么躺都觉得不舒服。身上的毛还没有干,很多细小的石子和树枝粘在上面。他站起来抖了抖毛,可没什么效果。他又湿又冷,耳朵和尾巴沉重得抬不起来。

他重新趴在地上,头枕着前爪,下决心闭上了双眼。

月亮狗啊,他祈祷,*请让我入睡吧……*

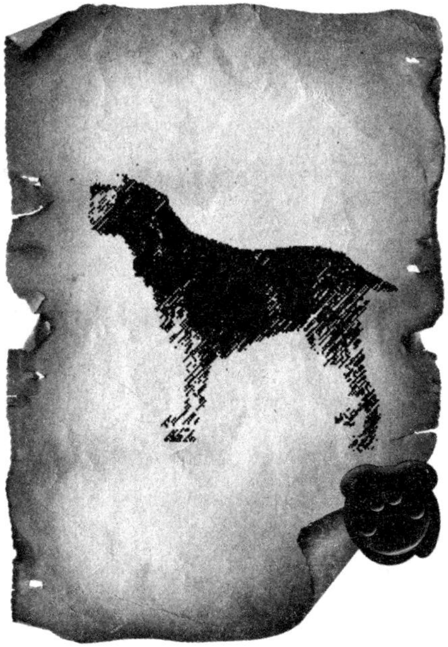

第六章

也不知道什么时候睡着的,当拉奇睁开眼时,太阳狗竟然都爬到天上了。他站起身,惬意地伸了个懒腰,浑身用力一抖。身上的毛终于干了,他感觉温暖了许多。

伙伴们早已经醒来,正在山坡上沿着水面兴奋地追逐。大涨之后的小河已经变成了一个湖泊,不过比起昨晚,水面已经消退了不少,在阳光下闪着碎银般的光芒。河水轻缓地拍打着草地和树干。

戴兹看到拉奇,立刻欢呼说:"早上好!"然后蹦蹦跳跳地奔上来和拉奇顶鼻尖。

"快来看呀,拉奇。你根本猜不到我们找到了什么!"

"什么啊,戴兹?"看到这只小白狗重新活泛起来,拉奇感到十分高兴,声音都变得温柔了。戴兹跑在前面,尾巴摇晃着冲下山坡。拉奇还以为她要跳到水里,心里一惊。却见戴兹在水边停下,转过头,兴奋地看着拉奇。

拉奇向她的身后看了看,然后迷惑不解地问:"你让我看什么啊?"

布鲁诺走过来说:"不是看那里,拉奇——你朝河岸下面看。昨晚河水冲走了较为松软的土壤,结果原先被掩盖的东西就露出来了!"

拉奇仍然没有听明白,小心翼翼地凑上前看。布鲁诺说的没错——上涨的河水冲走了石头、草根和土壤,将岩石下的许多洞穴都暴露出来了。

"太奇妙了。"拉奇低头嗅了嗅那些大窟窿。那些洞穴仿佛是一只巨犬在高堤上挖出来的。拉奇紧皱眉头,猜测那只巨犬肯定挖得非常仔细,因为每个洞穴的大小看上去都一样。洞穴有一个成年长脚的身高,洞内的石壁很光滑,干燥,整洁而且是……非天然的。

一连串的记忆涌上拉奇的心头。都是关于牢房内的痛苦回忆——摆满牢笼的冰冷房间——不过眼前这些洞穴比较小,当然,里面也没有铁笼子。

看起来,也算是不错的栖居地……

"肯定是河狗挖出来的。"玛莎判断,"他昨晚其实并没有生气。他是为了报答我们的好意,才挖出这些洞穴让我们居住。米琪,你的点子很有效啊!"

"多亏了你啊,玛莎。"米琪有些羞涩地说。

"就连我们向河狗祈求的干净水,"阳光说,"他也给了。"

拉奇吃了一惊,看着布鲁诺走到河边,低头大口饮水。然后,他抬起头,得意地看着拉奇。

"不会吧?"拉奇迟疑地走上前嗅了嗅,说,"嗯,闻起来似乎好了一些。"不过他仍不能确定水质是否彻底干净。昨晚大雨倾盆，可能毒物都隐藏了起来，说不定等过些时候再搞突然袭击呢？

不过拉奇现在不想质疑。毕竟，经历了一场暴风雨，难得看见这些拴绳狗们又恢复了欢乐和自信。迷信河狗虽然不能给予什么实质性的帮助，但起码能够给大家一种心理安慰。

玛莎跳进水中，河水恰好淹到她的肩膀。她高兴地在水里游泳，顺便清洗腿上的伤口。戴兹和阳光傻呵呵地站在浅水处观看，却不敢进入水里。拉奇没有和大家一起打闹，而是走回到那些洞穴前。

贝拉静静地走到拉奇身旁，和他一起察看这些巨大的洞穴。"看起来能够用来居住，"她低声说，"若想作为长久栖居地恐怕不妥。"

"我也是这么想的。"拉奇说，"毕竟，很难说河水不会再上涨。万一再像昨晚那样，整个洞穴的东西都会被冲走。"

"是啊，原先洞里的泥巴被冲得一干二净。"贝拉不寒而栗地说。

"话虽如此，暂时住在里面还是不错的。"拉奇鼓起勇气走进一个洞里，在洞壁上轻轻抓了几下，留下浅浅的爪痕，说，"住下来完全没问题。"

"嗯。"贝拉移开目光，"昨晚发生天狗大战的时候，我表现得很不好，拉奇。我们……是我，我被吓蒙了。"

拉奇点点头。此刻似乎不用他过多说什么。很明显，贝拉已经明白漫无目的的慌乱会带来多么大的危险。再遇到类似情况，她就知道应该保持镇定了。"贝拉——"还没等拉奇说下去，忽然被惨烈的吼声打断，那是带着痛苦、呛咳连连的吼声。他和贝拉急忙转身，又听到一声干呕。

"那是——"

"是布鲁诺！"贝拉惊叫。

群狗迅速朝布鲁诺奔去，只见身体壮实的他这时却倒在地上，大口大口地吐着黏稠的、恶臭的白沫。拉奇挤开围拢的狗群，来到布鲁诺身前低头探查，内心十分慌乱。布鲁诺双唇惨白，口角挂着白沫，喉咙里发出呼噜噜的声音。

"他的肚子正在腐烂！"拉奇大吃一惊，浑身的血液如同被点燃一般，猛然用头朝布鲁诺的肚子上撞去。其他人来不及阻止，眼见拉奇又狠狠地撞了一下布鲁诺的肚子。大家这才反应过来，大呼小叫地上前拦阻。

"拉奇，快住手！"

"不许欺负他！你在干什么？"

拉奇挣脱群狗的束缚，一次又一次地用头顶撞布鲁诺的胃，根本无视群狗的呵斥。

几次之后，布鲁诺剧烈地干呕起来，头部往后一仰——噗，嘴里喷出更多的白沫，洒在地上。

拉奇这才后退，身体不住地颤抖。布鲁诺仍旧双目无神，却已经停止挣扎，呼吸之间时不时地咳嗽几下。

贝拉小声问："拉奇，你对他做了什么？"

拉奇摇了摇头，回答："他必须吐掉肚子里的病菌，这是唯一能救他的办法。老猎手给我说起过这个秘方,但我也是头回用。"

戴兹被吓蒙了,呆呆地问:"那个什么——什么鬼东西会把他怎么样?"

"如果不吐出来的话,他会死掉。"拉奇说,"难道你们以前没听说过?"

大家顿时有些尴尬,拉奇叹了口气:"看来是没听说过啊。你们的长脚主人们会带你们去看兽医,是不是?"

"是啊。"米琪茫然地说,"拉奇,幸亏你在这里。"

贝拉感激地蹭了蹭拉奇,说:"的确,否则布鲁诺肯定要去地狗那里陪阿尔菲了。"

拉奇看了看虚弱得抬不起头来的布鲁诺,提醒大家说:"布鲁诺仍旧病得很重,接下来的日子里我们要对他悉心照料。"他又对贝拉说:"玛莎的伤腿还在恢复当中,大家不能走太远的路。"

贝拉赞同地说:"没错。不过,到底是什么东西害得布鲁诺生这么重的病?"

"一定是他喝的水。"

"只怕是真的。"贝拉的脑袋垂了下去,但作为拉奇的妹妹她不能消沉太久。她随即昂扬起来,对群狗发话:"每只狗都听好了,河里的水有问题,记得千万不要去喝。"

大家纷纷散去,探查四周,确保安全。拉奇本想说点什么给大家鼓鼓劲,却又不知从何说起。若是没有他,大家连活下去的机会都没有。只要他们需要,他就得留下来。

不论多久,我都要保护他们。拉奇暗暗发誓。

"拉奇!贝拉!"方才戴兹因为不忍心看布鲁诺的惨状,于是走开了。现在却忽然叫起来,声音非常急迫。又出什么事了?拉奇顿时吓得打了个激灵。现在布鲁诺病重不能上阵,玛莎也受了伤,若是此时遭到袭击,那可就麻烦大了……

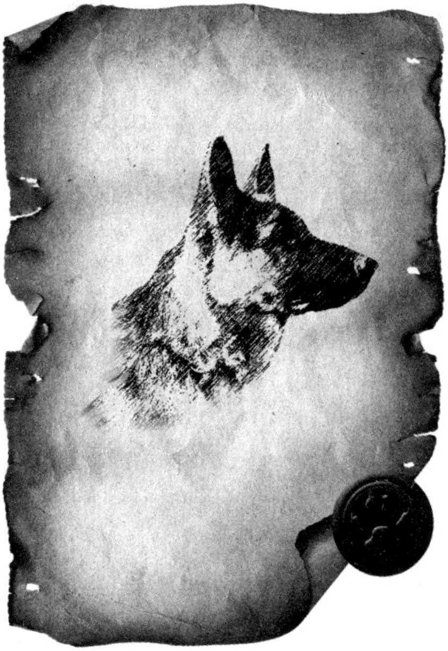

第七章

拉奇看见戴兹的头正从一个地洞内伸出,高高吊起的心顿时落了下来。她一脸激动,哪里还有半分恐惧的神情?

"快来看这里!"戴兹汪汪叫着,"把布鲁诺带来,这里有干净的水——真的很干净。石头上有个坑,积攒了一些雨水。"

"戴兹,干得不错。"贝拉说,"咱们现在就把布鲁诺弄进洞里。玛莎,你也进去,你的伤腿需要好好休养。"

大家费了许多力气,才把大块头布鲁诺拖进洞内;他的爪子尽力在地上撑着,想给大家省点劲,可惜收效不大。到了洞内,大家把布鲁诺翻了个身,让他趴着便于喝水。直到他和玛莎都喝饱了,其他的狗这才排好队依次饮水。

米琪那黑白相间的小鼻子从洞里探出去,耳朵兴奋地竖立着:"拉奇,看看我找到了什么!"

拉奇满心好奇地走过去,耳听得后面有脚步声,贝拉也跟着来了。

米琪两眼放光地说:"这是什么?"

"我认不准。"如果能令大家振作起来,拉奇倒是希望自己能像米琪一样乐观,不过眼前这个歪歪扭扭的金属块实在无法让他兴奋。他指着金属块，侧头问："这是什么东西？"

"贝拉，你快看。"米琪把一个石碗推滚到贝拉面前，说，"这里都是长脚的东西！"

贝拉激动地"汪"了一声："你说得对！瞧啊，这是长脚们出门前都会套在脚上的皮套。"说着，她叼起一只鞋，给拉奇看。

"那又如何？"拉奇困惑地问，"这里距离城市不远，有这些东西不算稀奇。"

"你还不明白吗？"米琪尖叫说，"河水把淤泥冲走之后，这些物品就显露了出来——不，这与河狗无关。这是我们的长脚主人们在暗示——他们一直在关注我们！"

拉奇不以为然。他对狗神之类的一向不太感冒，有时甚至不大恭敬，但米琪说的话未免也太过冒犯河狗了吧。

不过其他狗似乎并不在意。他们围着米琪聚拢，就连玛莎也一瘸一拐地来了。她在长脚遗留的东西上一阵乱嗅，然后说出了一番话，正是拉奇适才所想的。

"米琪，你不应该对河狗持怀疑态度。"她说，"河狗一向很关照我们。"

"可他把布鲁诺弄病了。"米琪不满地嘟囔着，眼睛却不敢看玛莎。

"这不好说啊。"戴兹一边察看米琪发现的杂物，一边说，"如果长脚主人们就在附近，他们不是应该来和我们见个面吗？"

"或许他们也有苦衷吧。"米琪不服气地说着,将长脚的杂物聚成一小堆。拉奇注意到他把他自己的那只手套也放了进去。"虽然他们没办法和咱们碰面,但或许这就是他们向我们传达信息的方式,好让我们得知他们仍在关心我们。而且他们还送给我们这个避居的处所,还有水呢!看到了吧?就连地上的这个小坑也和长脚主人喂我喝水的那个碗一模一样!"

"真是一派胡言。"拉奇嘟囔说,阳光和戴兹看着他,显得有些犹豫不决。

"可是我仍然相信河狗!"玛莎语气坚决地说。

不过米琪压根不理玛莎的反驳,大声说:"长脚主人们在关注着我们,他们时刻保护着我们。这一切都说明他们会回来找我们的!"

"哎,米琪——你不会是认真的吧?"阳光尖叫着说。

戴兹忽然激动地汪汪直叫:"也许这是真的呢!长脚主人们肯定不希望我们有事!"

拉奇看着这两只小狗兴高采烈地蹦蹦跳跳,不由得直摇头。大家都对米琪的猜想抱有期望,因为那意味着即使远隔千山万水,长脚主人们也没有忘记照顾他们。拉奇暗自叹息,眼下根本没有办法令这些拴绳狗们相信他们已经在依靠自己的力量生存了。

就在他独自焦虑的时候,贝拉轻轻撞了一下他的肩头,柔声说:"拉奇,你跟我来一下。趁大家都没注意,有些东西我想让你瞧瞧。"

拉奇随着妹妹走出石洞,来到距离河岸边不远的一处地方。

"就是这儿。"贝拉停下来,冲着松软潮湿的地面点了下头,神情非常严肃——甚至隐隐带着恐惧的意味。

拉奇弯腰对着地上的爪印嗅了嗅,心情忽然变得有些紧张,忍不住就要仰头后退,但最后还是强压住内心的惶恐,又仔细去嗅爪印残留的气味。

令他稍感放心的是,从爪印的大小来看,明显是一只个头不大的狗留下的。爪印似乎是几个小时前才留下的,但除了河水的气味,拉奇无论如何都嗅不出别的东西了。

拉奇唯一能确定的是,这个爪印不属于他的任何队员。爪印的主人来无影去无踪,给他的感觉仿佛就是一个幽灵。

然而,幽灵是不可能在泥土里留下痕迹的。拉奇晃了晃脑袋,心里大为沮丧。爪印的主人是否就在附近呢,或是已经远离?他根本没有一丁点儿头绪。

或许,他们就在周围窥视着我们……

"拉奇,我害怕。"贝拉仿佛在回应拉奇脑子里的想法,他顿时毛骨悚然。

"附近没有别的狗。"他连忙说,"这一点毫无疑问。"

"布鲁诺中了毒,玛莎的伤还没好,他们两个是咱们当中最厉害的战士。眼下河里的水不能喝,那饮水就成了大问题啊!洞里的水根本不够大家喝,若是今晚再不下雨,我们就必须返回原地。而且最近也没有捕到什么猎物,食物也成了燃眉之急!"

贝拉趴了下来,目光坚毅地说:"我们找那支狗群去,向他们要水喝。必须要求他们和我们共享水源,允许我们在这个山谷中打猎!"

拉奇心想:这才是贝拉的性格,有些偏执,且充满了幻想。他的这个妹妹总想做一些不切实际的事,而且喜欢采取暴力手段。间隔了这么一会儿,拉奇不死心地又嗅了嗅地上的爪印。

还是没嗅到什么。

"贝拉,"拉奇试图给妹妹讲道理,"难道你不记得阿尔菲的事了?"

"当然记得!"

"那就用脑子想想!"他尖叫道,"那群狗才不会因为我们有狗生病就对我们大发慈悲!对于他们来说,恰好少了一个对手呢!"

贝拉扭头看了一眼,仿佛是想查看有没有别的狗靠近。然后她回过头,脸上充满了令拉奇头痛的那种固执的神情。

"那正是我们要坚持和他们共享水源和猎物的理由。"

"不——那是我们必须离开这儿的理由。那群狗残忍好斗,你不可能劝服他们和我们共享领地。独霸领地是野狗们的生存原则。贝拉,你想要打的是一场必输无疑的战斗。"

贝拉凶狠地说:"我不会让他们撵走我们的。在没有长脚主人照料的情况下,我们努力生存了这么久,绝不能在这个时候放弃！我们能行！"

"可是你也不应该如此固执啊！"拉奇不想引起其他狗的恐慌，于是压住濒临爆发的怒火，"你要做的不是被他们撵走，而是主动避开他们，这样才不会伤害到你自己，也不会拖累大家。现在你需要保持冷静。"

"不，"贝拉脸上浮现出拉奇幼年记忆中那种倔强的表情，"这次不一样。"

拉奇怒吼说："怎么个不一样？"

贝拉目不转睛地盯着他说："因为，我们这次将按计划行事。上一回，我和那个狗群首领的谈话方式不对。这一次，我肯定能说服他。"

"他可没耐心听你把话说完。"拉奇咬牙切齿地说，"他会直接把你撵走，而这要看你能不能从他的爪下活命。"

"不，"贝拉激动地坐起身，"我说了，我这次有一个计划，绝妙的计划，拉奇。"

"别犯傻了——"

"我们派狗渗透进那个狗群里，"贝拉截断他的话，"成为他们当中的一分子，为我们说话。拉奇，你现在明白我的想法了吧？"

她的语气充满自信，而拉奇则发出一声低吼。

"那群狗没见过你，因为你没有参与上次的战斗。"贝拉顿了一下，眯缝起眼睛盯着他。"因为那时你离开了我们。"

拉奇紧绷着脸。虽然贝拉的语气很冲，但她有权利这么说。因为他的确有着自己难以启齿的秘密。他怎么能向她解释，其实那群狗中的一员已经和他碰过面了，而且那只狗跟他很熟，对他的了解丝毫不亚于贝拉。

他不知道一旦告诉妹妹这件事，该如何回答随之而来的诸多问题。或许他应该一开始在遇到伙伴们的时候就把实情告诉给大家。现在再提起这件事吗？

不行。

拉奇左右为难，一时间沉默不语。但贝拉似乎并没有注意到他的不安，只是为自己的妙计激动不已，尾巴兴奋地拍打着地面。

"你和他们打成一片，获得他们的信任。"她继续说，"你一向很善于交朋友。一旦他们把你当成自己人，你就能够影响他们，令他们同意和我们分享水源。即使他们不同意，凭你的聪明劲儿，也能够找出让我们到湖边却又不引起他们注意的方法来！拉奇，这个计划太妙啦！"

"这太疯狂了。"拉奇声音低沉地说，"你打算让我当多久内奸？"

"呃……直到我们恢复元气吧。"贝拉漫不经心地说，"等到玛莎的腿痊愈，布鲁诺也好转了，我们能够行动自如的时候——到了那时，如果那些狗仍反对我们在这里，我们就可以去别的地方安家落户。拉奇，要暂时委屈你一下啦。你知道我们现在的处境有多艰难。你会愿意去的，是吗？"她带着恳求的眼神看着拉奇。

愿意？才见鬼呢，他恨透了这个计划。他不想当内奸，不想给自己戴上一副假面具。可是，如果他拒绝妹妹的请求，不单是她，整个拴绳狗群都会感到失望的。

如果他答应了，就意味着去欺骗斯维特。

贝拉说得对。玛莎和布鲁诺需要食物和水，还需要一个休养的地方。除了按照贝拉的计划行事之外，还能有什么别的办法获得这一切呢？而执行这个计划的狗非拉奇莫属。即使排除因为野狗群和他没有碰面这个因素，他也是成功机会最大的狗。

因为，他是一只机灵的街狗。

拉奇叹了口气，坐下来，耳朵耷拉着："好吧，贝拉，我去就是了。你知道我会去的。"

"很好。"贝拉说，"听着，就在那些狗袭击我们之前，我注意到一些东西。朝山坡上走——大约捕捉一只兔子所需距离的五六倍吧——有一个破旧的长脚的营地。那个营地和过去我的长脚主人带我经常去的差不多。他们会在那里玩耍和吃东西——嗯，还有专门让我们玩追球游戏的空地，里面还有一些木头桌子，以及长脚生火的大坑。"

"不，我不知道。"拉奇提醒她，不自禁地联想起城市公园里那些带着小孩子，挎着食物篮子的长脚。他会冒险和长脚打交道吗？自从逃离城市以来，他唯一见到的长脚就是那些身着黄衣的怪物，而他们似乎对狗并不友善。

"哈，拉奇，别那么神经过敏！"贝拉说，"那营地早已经没有长脚住了。"

拉奇将信将疑，问："你怎么看出来的？"

"第一场裂地吼之后，所有长脚的东西都震碎了，没有长脚来修理过。这一点很容易就能看出来。"贝拉说，"你能嗅到烧焦的木头和长脚的气味。每当月亮狗爬上中天的时候，我就会到那儿去，我会一直等你，一直等到月亮狗爬过头顶。你趁着那些狗不注意，去那里和我会面，把了解到的情况告诉我。"

拉奇微微点头。如果贝拉执意实施她的这个鬼主意，这个方法似乎最为保险。

"好吧，天一黑，你就去那里等我，我会尽快赶到。"

"谢谢你，拉奇！我就知道你会帮助我们的。"

贝拉舔了舔他的鼻子。没有再说一句话，她转身朝营地走去，舌头卷着，脑袋和尾巴则高高扬起。妹妹如今像个真正的首领了。麻烦在于，她却依然缺乏作为一位团队首领所应具备的智慧，脑子里充斥着莽撞的想法。拉奇并不怪她——她已经尽力了，只是还没有适应这种独立的生活而已——可是，拉奇担心她这样下去，很快就会惹出大祸来。

拉奇长叹了一口气，跟在妹妹身后，五脏六腑仿佛都搅成了一团。他是一只狡猾的狗——当初他母亲就是这么评价他的——可是野外和城市的生存方式完全不同。在城市里，如果他试图偷窃长脚的食物，一旦不成功，顶多被撵跑而已，长脚们追赶几步就会放弃，他不会有任何危险。

然而，如果那只狼狗发现他企图蒙骗他们，拉奇心想，狼狗可不会仅仅把他驱赶了事。那时，他就真的很危险了。

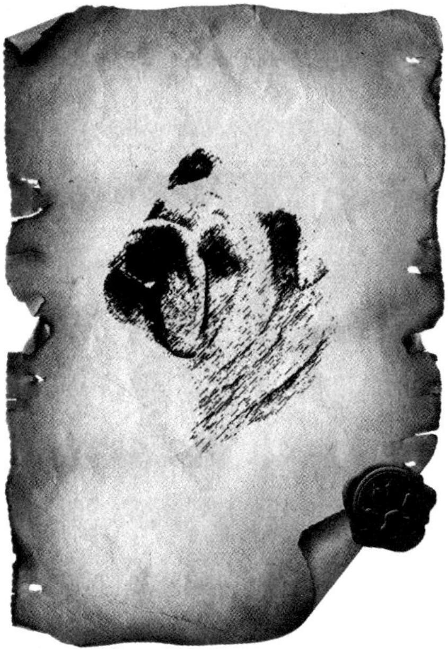

第八章

"快看!一只老鼠!"戴兹冲向那只小小的啮齿动物,嗖的一下扑到了猎物的身上,张口咬住,甩头将猎物抛到半空,随即接住,将老鼠带到拉奇面前。

"干得漂亮,戴兹!"戴兹的技术越发娴熟。今早几乎没有一点儿收获,拉奇怀疑暴风雨把从裂地吼中幸存下来的猎物都冲走了。

碧空如洗,太阳狗飞快地蹿升起来,这意味着最佳的捕猎时机已经过去了——但拉奇却不想就此罢手,返回洞穴。戴兹捉的这只老鼠是他们今天收获的第三只猎物,米琪则把栖息在一根低矮树枝上打盹的一只棕色的大肥鸟惊跑了。多打点猎物总是好的——况且,拉奇打心眼儿里不愿意结束今天的狩猎。

到了中午,拉奇就该离开伙伴们,前往对手的团队了。即使很快就能和老朋友斯维特再次见面,也并不能令他感觉好起来。

松树上停着一只鸟,正嘲讽似的冲他们直叫,气得拉奇直瞪眼。眼看着树林里不是甲虫就是昆虫,他实在没有理由再拖延下去了。他停止嗅探,看着米琪紧贴地面,利索地从他的左侧钻入树丛，不由得内心充满骄傲。

"快看！"戴兹叫道。一只兔子在米琪脚边突然跳起，惊恐中往拉奇身上撞去，将要撞到的时候，却猛然一个急转弯绕开。阳光及时阻挡住它的逃路，迫使其返回去。米琪这时已经反应过来，根本不等猎物逃到拉奇那里，往侧向一跳，一口咬住了兔子的脊背。

"干得漂亮，米琪！"阳光兴奋地蹦蹦跳跳。

"阳光，你也干得不错。"拉奇舔了一下她的耳朵，鼓励说，"这才是真正的团队合作！"

阳光得到夸奖后喜不自胜，拉奇看着她，回想起初她对狩猎深恶痛绝，生怕漂亮的皮毛被树枝刮掉的情景，不由得暗暗好笑。现在，尽管她的皮毛已经有些斑驳，看起来有点邋遢，却骄傲地又蹦又跳。

时间到了，对于本来不抱希望的上午来讲，能有眼前的收获算得上是意外之喜。拉奇把伙伴们叫到身边，然后带着战利品返回。

将要到河边洞穴的时候，拉奇忽然停下脚步，背上的毛竖立起来，警觉地嗅着空气。

"拉奇，怎么了？"阳光放下嘴里的老鼠，疑惑地看着他。

"但愿没事。"他低声说，"你们三个继续往前走，我到周围察看一下。"

阳光不明所以，顺从地叼起老鼠，和米琪、戴兹一同朝洞穴走去。

直到他们走出视线,拉奇方才发出一声轻叹。虽然他没有对伙伴们说什么,但却十分肯定一件事情——一只暴狗刚从这里经过。

狼狗带领的那支狗群里,拉奇从未见过那种身材修长的黑色暴狗,所以,这只暴狗不可能是其中的一员。况且,这只暴狗散发出的气味拉奇感到有些熟悉。他一边嗅着,脑子里浮现出了一幅画面:一群拴绳狗被关押在奇怪的狗房里,外面有凶恶的暴狗群把守。如果不是拉奇出手相助,贝拉、戴兹、阿尔菲只怕已经变成尸体了。想到这里,拉奇不寒而栗。

难道那些暴狗们为了复仇,竟然一路追到了这里?虽然那位名叫刀锋的母首领性情孤傲且野蛮,可是,她真的愿意舍弃舒适的庄园生活,风餐露宿地追赶一群狼狈的拴绳狗吗?

拉奇无法确定。

拉奇仔细在周围的树丛中查探,不放过每一棵树、每一块石头。查探的结果令他多少有点安慰——气味比较陈旧,所以不论那只暴狗是什么身份,他都仅仅是途经这里。不过,拉奇在返回洞穴的时候,心里仍感到忐忑。这块地方并不安全,周围强敌环伺。贝拉带领的这个团队其实已经进退维谷,无论前进还是原路返回,都有敌对的狗群在等待他们。

他们需要找到一块属于自己的领地。

其他狗已经等待多时,马上就能吃到鲜美的肉食,大家都很兴奋。看着眼前欢欣鼓舞的一幕,拉奇不想把自己的担忧说出来。而且,从早上忙活到现在,他早就口水直流了,即使有些许担忧，也已经被抛在脑后。不管怎样，先享用美食再说。

吃饱了饭，拉奇趴在地上晒太阳，四周都是伙伴们轻轻的呼吸声和满足的呻吟声。歇息片刻后，他站起身，从头到尾抖了抖毛。该走了，再拖下去也毫无意义。于是，他走向贝拉，其他狗见状也都站起，紧张地聚拢过来。

"我该走了。"拉奇很想生贝拉的气，可想到这一去不知何时才能见面，想到这个团队给他带来的安全和友谊，以及此行的危险，他就生不起气了。

戴兹说："你要是不走该多好啊。"

"我们好不容易才把你盼回来。"阳光难过地说，"而且，那些狗都是冷血动物。你能确保自身安全吗?"

拉奇舔了一下她的黑鼻头，说："这是目前最好的解决办法。你们必须信任贝拉和我，这才符合团队的精神。"他真希望像自己说的那样自信，哪怕一半也好啊。"我很快就能回来，到那时，我们就能够喝到干净的水啦。为了大家，我会努力的。"

"拉奇，我们知道你能做到。"米琪顶了顶他的脖子，说，"只是……要小心啊。"

拉奇佯装欢快地说："你们放心吧。"他转身瞅了贝拉最后一眼。

贝拉正神情肃穆地看着他。他觉得贝拉表现得越来越像一位首领了，而他对贝拉的期望也越来越高。拉奇舔了舔妹妹的鼻子，贴了贴脸，然后转身离去。

拉奇没有回头，一口气奔上斜坡。山谷里除了敌对的那个狗群，还可能住着其他狗，为避免遭到突然袭击，他决定沿着山脊前往大湖。

幸亏吃得很饱，所以他只需要专心赶路，不必操心捕猎的事情。猎物们仿佛清楚这一点似的：小鸟唧唧喳喳地绕着他飞，一只老鼠也放心大胆地从他面前经过。不知是因为要打入敌人内部，还是因为即将见到斯维特，拉奇的内心严重焦虑不安，甚至到了希望半路遇到敌人，以便能够令他分心的地步。

地势逐渐平坦，当他爬上一座小山脊的时候，看到了阳光下波光粼粼的湖面。现在好了……

*来了！*随着一阵犬吠，三只狗不知从什么地方忽然蹿了出来。尽管脖颈上的毛本能地竖立起来，拉奇却有一种奇怪的放松感。

"干什么的？"一只瘦削的棕白色母狗站在他面前，亮出尖利的牙齿，"这是我们的地盘！"

"*我们的地盘！*"拉奇回忆起阿尔菲死亡的那天，对方就是这么叫嚣的，"*我们的！*"

"马上离开，"一只长耳朵深棕色狗呵斥说，"否则后果自负！"

拉奇强忍住逃走的冲动；一旦转身，他们也许就会追上来咬死自己。于是，拉奇趴在地上，屁股撅起老高，竭力做出一副顺从的模样。

"我以森林狗的名义起誓，我来这里是为了找你们的首领谈谈!"他说。

棕白色母狗轻蔑地问:"就凭你?"

拉奇深吸了口气,将头垂得更低。尽管不愿向这些袭击他们,甚至杀死阿尔菲的凶手们卑躬屈膝,但他别无选择。

"无影狗斯维特是你们一伙的吧。"他说,"我们很熟,裂地吼发生时一起从城市逃难出来的。"

"那又怎样?"另外一只长耳朵狗嗤之以鼻地说。这只公狗和深棕色长耳母狗长得非常相似,拉奇怀疑他们两个是双胞胎兄妹。

他竖起双耳,耷拉着舌头。当初他就是用这一招向长脚们讨饭吃,百试不爽,或许眼前这只狗也吃这一套呢。"我想加入你们的团队。请带我去见斯维特吧,她会为我作保。"

"我们为什么要接受你?"棕白色母狗不屑地说。

"因为我是一名猎手。"拉奇回答说,"我对你们有用。"

"像你这种在城市里捡垃圾吃的狗居然还自认为会捕猎,我们根本不需要!"

长耳朵狗的声音倒让拉奇想起来了——对方在上次战斗中出现过,似乎叫斯普林。

"你们会用得着我的,我的加入能够壮大贵团队的力量。"拉奇强忍住上前的冲动,知道现在不是意气用事的时候。

令拉奇松了一口气的是,长耳朵公狗看着棕白色母狗,显得有些犹豫不定:"达特,你怎么看?若他真的认识斯维特……"

"特维奇,我不相信他的鬼话。"达特说着,转头看向拉

随着一阵吠叫,三只狗不知从什么地方忽然蹿了出来。

尽管脖颈上的毛本能地竖立起来,拉奇却有一种奇怪的放松感。

这是我们的地盘!

干什么的?

拉奇趴在地上,屁股撅起老高,竭力做出一副顺从的模样来。

马上离开,否则后果自负!

我以森林狗的名义起誓,我来这里是为了找你们的首领谈谈!

就凭你?

无影狗斯维特是你们一伙的。我们很熟,裂地吼发生时一起从城市逃难出来的。

我想加入你们的团队。请带我去见斯维特吧,她会为我作保。

奇,"我能从你身上嗅到城市的馊味。你能捕到什么？一包垃圾吗？"

三只狗同时大笑。拉奇心想，倒是让你猜着了。若是以前，他肯定心里发虚，但是这些日子里，他学到了许多本领。况且，他也暗自为自己身上仍带有城市里特有的馊味感到庆幸，这更能让对方相信他是一只独来独往的城市狗。

还没等他高兴多久，就看见三只狗齐齐地逼上来，拉奇连忙将整个身子都贴在地上，同时做好随时反击的准备。如果对方坚持冲他下手，即使面临陷入困境的危险，他也只好奋起反抗了。

他看出来了，这些狗根本没有妥协的可能。在生命受到威胁的时候，任何的苟且与哀求都无意义。于是，拉奇龇着牙，猛然跳起。

我可不是好惹的……

尽管那只叫特维奇的公狗有点跛脚，尽管拉奇比他们都要长得壮一些，但同时一对三显然不大现实。

"抓住他，斯普林！"

那只深棕色母狗朝他的脖子咬来，速度非常快，拉奇急忙向旁边跳开，却恰好落入达特的攻击路线，被达特一口咬住了颈后。剧痛之下，拉奇尖叫起来。这时特维奇悄然接近他，狠狠咬住他的前腿。拉奇将身体猛地一扭，甩开达特，接着冲特维奇反咬回去。

但这时斯普林已经转身折回，咬住拉奇的脖子使劲往后拖拽。

他们要合谋杀害他吗？拉奇并不这么想，但他们肯定打算重创他——给他一个教训，让他不敢再回来。不能打败眼前的三只大狗，要想混入敌人内部就成了空谈，即使有斯维特帮忙说话，其他狗也不可能接受他。

伤口处火辣辣的疼痛彻底激怒了拉奇，他扭过身子朝对方咬去，但仅仅咬中了她的耳朵。与此同时，深棕色母狗斯普林也扯住了拉奇的耳朵，狠狠撕了一下。顿时，一股热血溅出，将他的脑袋染红了。达特仍旧咬住拉奇颈后的毛皮不放，牙齿深深陷入他的肌肉里。

拉奇又怒又怕，眼看要被达特重创。

"够了！放开他！"

一个熟悉的声音陡然响起。拉奇身上一轻，摇摇晃晃地站立不稳。只见三个对手虎视眈眈地向后退，龇着牙齿，嗓子里发出低吼。

拉奇喘息着，怒目圆睁，看向新来的敌人。熟悉的气味扑鼻而来，他的心怦怦直跳。

"斯维特——"他吃惊地说。

斯维特没有迎上来，而是站在原地，高高地仰着头，眯缝着眼睛审视他。

"他侵入了我们的领地！"达特汪汪叫。

"看得出来。"斯维特静静地站着，微微侧过头，但目光并没有离开拉奇。

"我们正要赶走他。"特维奇怒气冲冲地说。

"你不该打断我们!"达特说。

"我认识这只狗。"斯维特大声说。

达特顿时低下头,垂下了尾巴,做出服从的样子,但显得极为不情愿。

"我带他去见阿尔法。有谁反对吗?"斯维特看看几个队友,显然不认为谁敢反对她,"我会建议首领接纳他为我们的新成员。"

"是,贝塔。"其他狗毕恭毕敬地对斯维特说,但瞅向拉奇的眼神却十分恶毒。

贝塔?拉奇心里一惊。他知道每个野狗群地位最高的狗被称为阿尔法,是整个狗群的首领,同时野狗群里地位最低者则被称为欧米伽——但贝塔是什么角色?这说明斯维特在这个集体里混得还不错吗?不过,现在不是询问她的时候。

"斯维特,多谢了。"拉奇开口说,"我会——"

"住嘴。"斯维特目光冰冷地说。

拉奇惴惴不安地说:"斯维特,很抱歉——"

"跟我来。不许再喊我的名字,甚至,不许再说一个字。"

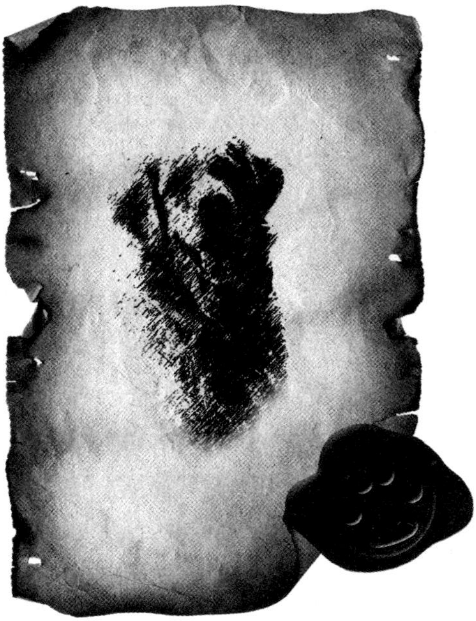

第九章

斯维特引着拉奇沿湖边绕行至丛林茂密的湖湾。阳光透过枝叶，变得幽暗清冷，爪底的地面十分松软。光线的反差让拉奇尚难适应，稍过一会儿，他才紧随斯维特穿行在两排高耸的树木中间。

行至树林中的一片空地处，斯维特停下脚步。阳光穿过松树的针叶照进来，借着丝丝缕缕的光线，拉奇能够看见周围有一些柔软的树叶和苔藓围成的狗窝，和他的伙伴们仓促建成的营地相比，这里简直就是天堂了。

不过，令他赞叹的不仅是舒适的狗窝，还有营地周边用荆棘围成的密密实实的篱笆，任何较大的动物都不可能悄无声息地潜入进来。由于身后还有三只狗盯着，拉奇不得不和斯维特保持一定的距离，不敢显得太过亲密。一束阳光照在空地中央的一块石台上，那只狼狗正懒洋洋地趴在上面晒太阳。能在营地中这个最温暖、最显赫的位置上休息的，自然是这狗群的首领了。

来到这里，斯维特也变得谨小慎微起来。又有三只狗迎上来，冲她打了个招呼，然后开始疑惑地在拉奇身上嗅来嗅去。

其中那只头部和玛莎旗鼓相当的黑色大狗，拉奇曾在前些日子的战斗中见过。其余的两只狗，一只个头小点，长着棕色和白色相间的皮毛，另一只则是皮毛蓬乱的长耳朵黑狗，目光炯炯，一脸凶相。

"他是谁？"那只大狗嗅着空气说，"该不会是从可悲的拴绳狗那里来的吧？"

拉奇被对方的羞辱激起了怒火，但他没有轻举妄动。在这种情况下，如果他还控制不了自己的情绪，那么就连森林狗都会认为他太过愚蠢，不值得保护了。不过他也不打算退缩，如果表现得过于怯懦，反而会为他招来杀身之祸，对方很可能只是为了找乐子而杀了他。

斯维特并不惧怕对面这只个头比她大上一倍的黑狗。她傲慢地抿了抿嘴，说："他是我带来的，范俄里。你有什么问题吗？如果不服，我们可以找阿尔法说理。"

黑狗怒目而视，但显然不敢为此打扰首领。没等他说话，就听见周围灌木丛一阵沙沙响。一只黑白相间的母农场狗走了出来。

"怎么回事？我的孩子们都被吵醒了。"

"很抱歉，穆恩，"斯维特的声音顿时变得柔和起来，"回去照料你的孩子们吧，我们尽量小声点。"

"穆恩，我也很抱歉。"令拉奇惊讶的是，居然连范俄里都赔小心了。显然，那位狗妈妈在这个集体里颇受尊重。

"嗯，既然来了……"穆恩展开前爪，拉奇看见几只小狗崽依偎在她的怀里,"我很饿,孩子们长得太快。谁能好心给我找点食物来?"

斯维特立刻转身,冲着躲在空地边缘的一只小狗喊道:"欧米伽!你去给穆恩找点吃的!"

小狗紧张兮兮地从阴影处走出来,拉奇这才看清他的模样:全身骨瘦如柴,耳朵很小,满脸褶子。他走过来后,黑珠子般的双眼疑惑地盯着拉奇,令拉奇隐隐有些不安。

"我叫你快去!"斯维特命令说,小狗不敢怠慢,急匆匆离去。

斯维特懒得把拉奇介绍给大家,只是对着他略略扬头,说:"走,我带你拜见阿尔法。"

她昂首阔步,充满自信却又不失恭敬。拉奇跟在后面,默默记下周围的情况。敌人的团队比贝拉的强大很多,不算穆恩和狗崽,仅成年狗就至少有八只。这里简直就是块宝地,附近是清凌凌的湖水,而且从周围的树林里飘散出的气息来判断,应该有相当丰富的猎物。

贝拉的团队即使在最强盛的时候也比不上他们。对方是一支食物充足、纪律严明、兵强马壮的团队。如果不能说动对方首领共享资源,拉奇就不得不劝说贝拉那群拴绳狗们另寻别的去处。

"在这里等着。"斯维特的命令打断了他的思路,"没有阿尔法的召见,不得上前。"

拉奇盯着趴在石台上的那只狼狗,见他除了尾巴偶尔摆动一下外，全身一动不动。也许他睡得很熟，也许只是装出熟睡的样子吧。不过就在斯维特接近的时候，一只冰冷的黄眼睛睁开了。

拉奇听不到他们的交谈，但斯维特看样子在她的首领面前并不那么温顺。她表现出了应有的尊敬，却绝不卑躬屈膝。她不疾不徐地说着话，首领侧耳倾听。最后，他转过头，凶狠地盯着拉奇。

斯维特也转过身，说："拉奇，过来吧。"

被狼狗冰冷的目光注视着，拉奇慢慢走上前，窝了一肚子的火。眼前这只狼狗就是杀死阿尔菲的凶手，拉奇很想对他大声叱责，甚至扑过去撕咬，以牙还牙。可是这种冲动的行为无异于自杀。拉奇依然记得阿尔菲临死前的情景，随着地狗的召唤，阿尔菲的生命渐渐流逝，小小的身体冰冷僵硬。

我来这里是为了帮助阿尔菲的队友们，使他们避免阿尔菲的悲惨命运。我不能忘记自己的使命。

走到近前，首领显得更加高大威猛，更加凶狠，他的双眼充满了狂热的敌意。拉奇发现，对方的两只眼珠并不全都是黄色——有一只是冰蓝色。狼狗首领的一双巨爪如同玛莎一样长着脚蹼。在拉奇的眼里，对方是一名真正的野狗群首领。

"如此说来，你想加入我的团队？"狼狗问。

他的语气里带着轻蔑，但拉奇对视过去，丝毫不畏惧对方的威慑。

"是的。"他说，"我能够在贵团队里发挥作用，斯维特能做证。"

"嗯,贝塔在团队里的作用很大。"

听首领的评价,再联系其他狗对待斯维特的恭顺态度——难道说她在这个团队里的地位仅次于眼前的这只狼狗?

首领有些烦躁地说:"我的团队不需要新成员。"

拉奇感觉这只狼狗不吃软的一套。他绝不会同情弱小,也不会看重顺从,可是,在他的属下们面前挑战他的权威显然不妥。

于是,拉奇垂下尾巴,半开玩笑地说:"你的确不需要一只庸狗,但如果是像我这样既强壮又敏捷的狗呢?我能够捉到奔跑如飞的兔子。"

首领大大地打了个哈欠,露出满口利齿。"冒赤也能做到。贝塔能扑倒一头鹿。不过既然跟她很熟,想必你也知道她的厉害,是吗,城市狗?"

狼狗的双目凶光隐现。拉奇咽了口唾沫,谨慎地说:"我知道你的团队里不缺乏打手,但城市生活让我历练出聪明的头脑,而且我也能够在荒野中生活。我有森林狗的护佑。"

"真的吗?"首领立起前腿,伸了个懒腰,全身一阵颤抖。

拉奇对狼狗调侃的语调恍若不闻,继续说:"我的作用大着呢。我能带来全新的风气,而且我的眼光与众不同。所有这些都对团队有益处。"

"不用你来告诉我什么对我的团队有益处。"首领呵斥说。拉奇吓得后退一步。眼下是关键时刻,每一句话都要谨慎再谨慎。

于是，他用更加温顺的口气说："我不敢对此有妄想。我只是……在向您介绍我的经历。你已经拥有了一支优秀的团队，我想成为其中一员。"

首领的态度缓和了一些，但那只长耳朵黑狗随即大声反对说："阿尔法，把他丢出去！他身上的气味乱七八糟，长脚的、石头的、金属的，混在一起，很不对劲。赶他走！"

首领冷冷地盯着那只黑狗，说："冒赤，你是在教我怎么办事吗？"

名叫范俄里的大狗立刻在冒赤的脑袋上拍了一下。

冒赤痛叫了一声，急忙说："当然没有啦，阿尔法。我只是……"

"那就闭上你的臭嘴。否则我就让范俄里痛扁你。"

拉奇朝周围扫了一眼，发现不止冒赤，其他狗也都被吓得畏畏缩缩。

除了眼前的范俄里，还有斯维特。

见冒赤吓得连逃都不敢逃，拉奇估计刚才首领的暴虐在这个团队里是司空见惯了。想到这里，拉奇对团队生活的厌恶感又升了起来。那些拴绳狗们之所以能够聚在一起，是因为他们相互需要，因为他们了解彼此，喜欢彼此。

那么，将这个团队聚合在一起的是什么呢？

就在拉奇浮想联翩的时候，斯维特大方地跳上首领的石台，站在他旁边。首领既没有打她，也没有骂她。令拉奇意外的是,由于斯维特靠近,首领似乎站得更笔直了一些。

拉奇顿时妒火中烧。难道斯维特成了这只狼狗的配偶?

然而,听完斯维特接下来说的话后,他的嫉妒立刻化作了感激。

"我在城市里认识了拉奇。"她大声说,"当我从牢房逃出来的时候,他是我唯一的伙伴,如果没有他,我当时难逃一死。这种情形不止出现过一次。"她顿了顿,看着每一位成员,缓缓说:"他内心忠诚,作战勇敢,身体强壮,头脑灵活。"说着,她扭过头面无表情地看着拉奇,"如果他改变了当初的想法,我们将很庆幸能够得到一位好帮手。你们应该对他表示欢迎,而不是"——她轻蔑地对着冒赤努了努嘴——"赶走他。"

首领略微点头,说:"贝塔,他也许像你说的那么好,但这支团队已经满员了。我们不需要增添成员。"

"穆恩下个月要照料她的孩子们,至少有一整月时间,拉奇能够顶替穆恩巡逻的位子,这样斯普林就能腾出时间去捕猎。通过这段时间的观察,你对拉奇的能力恰好能有个评价。"

首领又点了点头,说:"贝塔,你的话总是很有道理。"斯维特低头致谢。首领又说:"既然你为这只城市狗作保,那就让他留下吧。"说完,首领冰冷的双眼看向拉奇,威胁说:"但他必须证明自己的能力。如果他表现平庸,我们仍然要赶走他,到时候,可就不像现在这么好说话了。各位还有什么意见?"

首领既然发话,其他狗也就不敢有意见。就算先前猖狂叫嚣的达特和特维奇,此时也乖乖地夹紧尾巴表示同意。

"我们可以增加一名巡逻队员。"特维奇乖乖地说。

斯普林小声嘟囔了几句,脑袋不易被察觉地摇了摇。

"欢迎你,新伙伴。"站在范俄里旁边的一只个头矮小、皮毛棕白相间的母狗说。

"斯耐普,你可真会说话。"特维奇说。

范俄里默默不语,一脸悻悻然的表情。冒赤顾左右而言他,看来是脑袋上不想再挨打了。

拉奇这才终于松了口气,谦卑地低头说:"阿尔法,感谢您的宽宏大量。"

"和其他狗一样,加入团队都要从最底层开始,地位仅比欧米伽稍高。特维奇是你的直接上级。"狼狗朝跛脚的黑棕色公狗点了点头。特维奇的脸上闪过一丝得意。

"遵命,阿尔法。"拉奇佯装感激地将头低下。他原先便没指望能得到重要的位置,仅在欧米伽之上,这倒有些出乎意料了。

他忍不住瞥了一眼斯维特。想不到她竟然是团队里的二把手。拉奇曾在城市里了解过许多关于野狗群的信息,但这支野狗群的规则仍让他难以理解。尽管在贝拉的团队里,没有比他更熟悉野外生活的。可是,他在实质上仍然是一只城市狗,什么地位啦、头衔啦,以前从来就没有考虑过。

不过,地位虽然低下,但终究是有了一席之地。他比斯维特聪明——估计冒赤也比不上他——他有信心能够在短时间内爬上更高的位子,与斯维特缩小差距……

"大家都给我睁大眼睛,"首领骤然提高声音说,"仔细盯着那群可怜的拴绳狗。不能够给他们任何可乘之机。一旦发现他们靠近,立刻驱赶。胆敢有赖着不走的,格杀勿论。都听明白了吗?"

"听明白了,阿尔法。"众狗齐声回答。

"你,拉奇,来的路上可曾见过一队拴绳狗?"

大家的目光齐刷刷地望过来,拉奇心里急速跳动了几下。要不要承认他撞见过拴绳狗——不,不是撞见,而是在城市里就认识了呢?这些可都是事实啊。虽然斯维特在这个团队里身居高位,如果单单这样,拉奇觉得还是能够信任她的。

但她现在是首领的配偶啊……

"我说不准。"拉奇希望他的谎话在其他狗的耳朵里听起来不像在自己耳朵里那么刺耳。"我想我见过他们——您指的是那群愚蠢的废物吗?——但我不晓得他们往哪里去了。"

"那就看看他们是否在附近出没。"首领说,"他们企图偷走我们的水源。这种事决不能再次发生。拉奇,你和特维奇、达特一道,让他们教教你我们是怎么办事的。去吧。"

说完,狼狗趴在石台上,眼睛眯缝着看群狗离去。拉奇回头注意到首领的目光一直盯着自己,心里不由得暗自惊悚。

如果首领发现他曾经和那些拴绳狗们混在一起,会把他怎么样呢?他又该如何圆谎呢?拉奇心里默默念叨:森林狗保佑，让我变得狡猾起来吧。

忽然，他想到了一件事情，内心顿时升起极大的恐惧。他之所以能够留下来，全凭斯维特作保，而且是当着整个团队的面——一个她享有崇高地位的团队。如果首领发现拉奇撒谎，将会如何处置斯维特呢？甚至，假如首领认为斯维特在故意欺骗他呢？

拉奇无法想象首领会对背叛他的属下施加怎样的折磨。对于生活在城市里的他来说，冒险是家常便饭。

但他却不想把别的狗牵连进来。

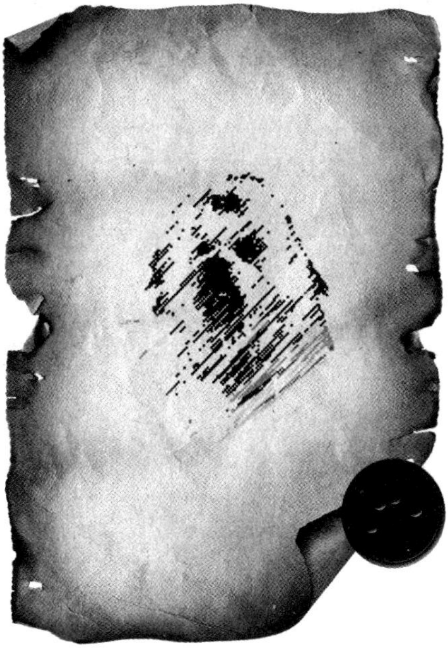

第十章

"跟上,拉奇。"特维奇吼道。他一瘸一拐,急匆匆地走着。

拉奇一听这话,顿时火冒三丈。刚才他因为检查树洞里的气味,所以慢了一拍,但这也说明他干活非常仔细——比特维奇和达特仔细得多——而且他觉得如果特维奇明智点的话,不应该对他颐指气使。要知道,每只狗在团队内的地位是变化的,说不定哪一天他就会成为特维奇的上级。

"我跟得上,别替我操心。"拉奇说,"倒是你,若是累的话就歇歇脚吧。"其实他心里想说的是:*若是你的瘸腿撑不住,就歇会儿吧。*

特维奇呵斥说:"说话放尊重点。我们这个团队非常讲究尊重。"

*若真的如此,*拉奇心想,*应该多加注意的是你才对。*

薄雾散去,显露出闪耀的湖光。湖对岸是一大片松树林,想必其中生活着许多猎物。拉奇再次为这群野狗享有如此多的食物资源而感到愤愤不平。要不是这些狗独霸这里,他才不想当一个骗子呢。

走进密林,拉奇所要注意的不仅仅是猎物,还有贝拉他们将来的藏身地。一路上，尽管拉奇不停地嗅着周围的环境，但特维奇和达特并没有对此说什么，也不知道察觉出他的古怪没有。在巡逻的路上，他们把所有的注意力都放在警戒四周上了。

我的运气不错啊。

直到目前为止，拉奇仍然想不出办法让贝拉从野狗群这里轻易得到她所希望的水源和食物。这只是他的第一次巡逻任务，以后还会有很多机会。当内奸太累了，他恨不得立刻结束这项任务。

拉奇没有理会裸露在地面上的一块岩石，因为那里并不适合隐蔽。不过，他还是仔细地嗅了嗅，检查是否存在对野狗群可能的危险。他回头瞅了一眼身后的特维奇和达特，心里颇为不屑。

我这么明显的动作，特维奇居然都没有发现不妥。不过，自己还是别做得太过分了，免得露出马脚来。

"拉奇，干得很卖力啊。"特维奇说。

沉思中的拉奇一惊，耳朵竖立起来。当他看见特维奇和达特赞许的眼神时，顿时松了口气。特维奇对他的敌意显然减弱了许多，虽然他不明白原因，但这么一来，他的任务也就相对变得容易许多。

走出丛林，眼前豁然出现一片湖水，阳光下闪着碎银般的光芒。拉奇突然想起一件事，于是说："看来，毒水没有扩散到这里。"

"你是说毒河水吗?"达特汪汪叫说,"没有,没有。这么大一片湖水,得要许多许多毒水灌进来才会变得不能喝。"听她说得扬扬得意,拉奇仰起头,喃喃说:"难怪拴绳狗们迫切想拥有这里。"

"没错。"达特大笑,"不过那可不关我们的事。你无须为他们操心。"

"他们本该老老实实地待在家里,供他们的长脚主人们取乐才对。"特维奇轻蔑地说,"拉奇,虽然你是一只城市狗,但至少你懂得野外生活,懂得依靠自己的智慧生存,那才是狗的真正本能。那些狗不配活着。"

拉奇无言以对,把嘴伸进清凉的水里喝了个饱。自出生以来,他还从没因为能喝到清水而感激不已。然而,在这个危机重重的新世界,盯着毒辣辣的烈日,还有什么比喝到清凉、干净的水更令他开心呢?达特和特维奇仍然有一搭没一搭地调侃贝拉的团队,但他充耳不闻,不想听别的狗对他的朋友们指指点点。

"如果他们识趣,赶紧离开这里才对。"达特沿着湖岸一路嗅去。忽然,她惶恐地回头说:"拉奇!我们不该在执行巡逻的时候放任自流。"

拉奇惊讶地从水中伸出嘴。

"口渴的话,只能快速舔一下。"特维奇严厉地说,"阿尔法说如果我们在巡逻中吃东西或喝水,就会麻痹大意。放任我们的口腹之欲,是对我们职责的大不敬。"

对我们职责的大不敬？拉奇内心被剧烈地触动了。这群蠢货怎么会这么想啊？

尽管不以为然，但拉奇并不想多事，于是离开水边，跟在他们的后面继续巡逻。从这件小事就能看出，阿尔法非常看重群体的纪律——拉奇也不得不承认：当他把舌头伸进清凉可口的水里时，确实完全放松了警惕。危险可能随时降临到头上，而他却毫无警觉。

"我们团队里有一只狗就在这件事上倒了大霉。"达特说，"他在巡逻中发现了一具兔子的尸体，于是偷偷留下吃了独食。"

特维奇耸耸肩膀说："阿尔法可没给他好脸色。"

拉奇心里一寒，问："是哪只狗啊？"

"他已经不在团队里了。我们禁止提他的名字。"达特看起来有些紧张，她用力抖了抖身上的毛，继续往前走。拉奇心想不管那只狗叫什么名字，估计现在凶多吉少了。

"拉奇，查看一下那个小丘。"特维奇命令说，"那地方的高度足够隐蔽三只狗了。"

拉奇早有此意，特维奇的话正中他下怀。说真的，他很庆幸听说了那只无名狗的故事，因为这件事提醒他，他正在玩一场非常非常危险的游戏。拉奇小心翼翼地把鼻子伸进分布在土丘上的洞里，扒开周围的青草，检查是否有别的动物藏在这里准备偷袭。一股刺鼻的浣熊味令他大为警觉，但他追踪了几步，才发觉这股气味很陈旧，没什么可担心的。

他回头望了望特维奇和达特,心里忽然冒出了一个奇怪的想法。当这两只狗仰头嗅空气、低头闻土地的时候,尾巴总是垂着的。不论嗅到什么,哪怕是猎物的气味都不能令他们兴奋,而是始终保持冷静。

这是怎么回事?

绕个弯回到特维奇和达特身边,拉奇问:"我们是不是在找什么特殊的东西啊?这里无论是气味还是别的动物踪迹,都太混杂了……"

"阿尔法想知道所有可能存在的威胁。"特维奇回答说,"当然啦,首先是咱们团队以外的狗;其次是狐狸和浣熊。有时还要注意狡猾的'利爪'。"说着,他打了个寒战,似乎想起了曾被攻击的经历。拉奇知道,利爪留下的伤口会产生难以忍受的刺痛,并且毒很快就会发作。

"如果在巡逻中遇见不大的威胁,我们就随手处理掉。"达特说,"如果处理不了,我就跑回营地去召唤援军,这也是巡逻至少需要三只狗的原因所在。两只狗负责缠斗,另一只狗负责求援。本来我们的人手已经够了,冒赤照看孩子期间,斯普林和我们一起巡逻。不过现在你加入进来了,于是她就能回去捕猎。食物多多益善嘛。"

"拉奇,你干得很不错。"特维奇说。虽然拉奇不知道自己是否真的"不错",但他能感受到特维奇目光中的赞许。"你检查得非常——仔细。"

*原来他在考验我。*拉奇这才明白过来,顿时心里怒意微

生。难怪特维奇表现得像一个既严格却又不乏宠溺的狗妈妈。

原本在这个团队里，特维奇的地位最低，如今，他的角色已经被拉奇取代了。

在这个团队里，地位低下意味着活得会很艰辛。想到这里，拉奇越发想念贝拉的团队。虽然他们的生存技能差劲得一塌糊涂，但在面临危险时，却能够拧成一股绳。他们能够密切合作，是因为彼此间相互关心。在贝拉的团队里，大家团结友爱，平等相待，有福同享，有难同当。拉奇内心涌起一股冲动，想冲到特维奇和达特面前，质问他们那些所谓的赖以生存的野蛮规则。他想告诉他们，这种生活方式并不是唯一的；不能仅仅因为某只狗犯了馋嘴的错误，就被驱逐或消灭……

但拉奇并没有作声，毕竟他费尽心机地刚潜伏下来就对别的队员指手画脚，实在不合适。

况且，他为了加入这个团队还撒了弥天大谎。*妈妈从小就教育我不应该耍阴谋诡计啊。*

在这种情况下，他又有什么资格对特维奇和达特宣扬友谊和荣誉的真谛呢……

前方的达特已经沿着湖湾转了一圈，现在正心不在焉地嗅着一根长浮木。在拉奇的眼里，这两个伙伴的巡视有点应付差事。达特连浮木都没完整地嗅上一遍就跳了下来，径直朝一个小土丘上的一簇松树走去。特维奇穿梭在丛林边，对每个树根都检查一遍，但拉奇觉得他更像是在刻意地沿着树丛边行走，而非认真检查。

拉奇在沙岸下的石头之间仔细嗅了一番后，跳上沙岸，跟着特维奇走进下一片树林。"通常都是由穆恩带队巡逻，是吗？"他问。首领说过，由于穆恩要照顾孩子们，所以不能参加巡逻。而且从其他狗对那位狗妈妈的尊敬程度来看，穆恩在团队里的地位显然要高于特维奇和达特。

"是的。"特维奇回答说，"巡逻队里只要有她在，什么都别想逃过她的眼睛。她不仅是个捕猎好手，而且在追踪方面也非常出色——团队里没有狗能比得上她。"特维奇的语气里充满了敬畏。"不过她现在要照顾她和范俄里的孩子们啦。这两口子都很强壮，经验丰富，是首领的老部下了。"

拉奇边走边说："斯维特——就是贝塔——也在首领手下干了很长时间吗？"他很想知道自从他和斯维特在城市里分别后，对方发生了什么事。

"你说贝塔？不，她是最近才加入的！"特维奇一下子来了精神，"裂地吼事件发生后大约半个月吧，她便加入进来。不过她的奔跑速度惊人的快，而且头脑聪明，性格果决，于是很快就成为了团队的贝塔！"

"真……厉害。"拉奇心里莫名其妙地酸楚。

"差不多啦。"特维奇扶着一棵树直立起来，在一个树洞内嗅了一番，"我们都是沿着穆恩制定的路线检查地盘的，否则就得挨她说。"

拉奇若有所思。不过穆恩怎么知道你检查得是不是仔细呢？你真的以为她是神啊，能在营地里遥控监督你们？瞧你们害怕穆恩、范俄里、首领——还有斯维特——的样子，只怕在他们面前连个不字都不敢说吧……

时间在流逝。拉奇跟在达特和特维奇的后面冷眼旁观，发现他们两个是在沿着一排旧爪印行进。每当他们停下来嗅一嗅的时候，拉奇就能够轻易闻到一股陈旧的、相似的气味。

原来他们在沿着固定路线巡视，拉奇惊讶地想，这太不可思议了！

达特抬头看了眼太阳狗，然后急不可耐地说："到中午了。"然后他们便像遵守命令似的，立刻往回赶。

返回时，他们在地洞、茂密的灌木丛等容易隐蔽的地方再次检查了一番，于是拉奇就有了充分思考的时间。他觉得，如果穆恩得知这两个活宝竟然完全照搬她的路线，肯定要骂他们是木头脑袋。换了任何一只狗，只要暗中观察特维奇和达特一段时间，就能够轻易掌握他们的巡逻规律，从而设法规避。

首领建立了一支纪律严明的队伍，为他的属下们提供了一个安全舒适的家，但凡事有利自有其弊。拉奇和贝拉等拴绳狗们之所以能够时时刻刻都保持着高度警惕，就源自于他们那种深深的不安全感。相反，这支队伍对自己的安全太过自信了。他们一定在这里已经生活了很长时间，甚至在裂地吼事件发生之前就生活在这里了。

事情明摆着的。特维奇和达特对那些摇摇欲坠的大树根本不在意，从这一点就能判断出，裂地吼对这里的破坏远没有城市厉害——甚至比周围也轻得多。偶尔有一两棵倒下的大树挡住去路,他们两个轻而易举地就跳了过去,没有表现出丝毫的紧张情绪。难道是这支野狗群实在太冷酷了,根本不会被地狗的怒火所动吗?想到这里,拉奇有些不寒而栗。又或者说,这些狗只是没有认识到危险呢。

拉奇站在一个高高隆起的山脊上,眺望下一处湖湾。没错,正如他所预料——如果贝拉他们避开脚下这块高地和傍依的湖湾,就能够躲进一条浅水沟内不被发现。只要不大声喧哗,行动时保持足够的谨慎,以及避免处在上风向,他们就能够悄悄摸进湖边饮水了。

心里打着这些算盘,拉奇感到满意极了。

"傻待在那里干什么?"达特冲着拉奇吼道。

拉奇只好不情愿地跟了过去。

随着接近营地,树林渐渐稀疏。穿过一片宽阔的绿草坪,拉奇能够看到另一片森林的边缘,那片森林看上去比首领的这方领地更广阔。前方的小动物们闻到狗的气味后,惊恐地从草丛中四散逃窜,寻找更深的遮蔽物。拉奇看到这些猎物,心脏激动得怦怦直跳。几乎就在他的脚下,一只小老鼠在草里一闪而过。

拉奇立刻跳上去按住,他正要招呼两个同伴,忽然被一股大力撞开。倒在地上的拉奇眼瞅着那只老鼠钻到草丛里不见了,他站起来,怒视达特说:"你干什么?白白放跑了猎物!"

"捕猎的事轮不到你操心。"达特呵斥道。

特维奇一瘸一拐地走过来说:"巡逻队不允许捕猎。"

拉奇难以置信地喘着气说:"你们在说什么呀?到嘴边的猎物为什么不抓?"

"看来你在城市里独来独往惯了。"达特不屑地说,"我们是团队,团队让我们什么时候捕猎,我们就什么时候捕猎。等轮到我们捕猎的时候,有你忙的!"

"轮到'我们'?"拉奇不敢相信自己的耳朵。这些狗……似乎都被训傻了,"所有的狗都要捕猎啊!这是很自然的事。"

"巡逻狗就不行。只有我们升职了,才有资格进入捕猎组。捕猎不是我们的工作,我们也没这个权利。"

拉奇看着这两只振振有词的狗,不得不低头说:"可是我并不是要吃它啊。我……"

"猎手们一会儿会出来的。"特维奇告诉他说,"太阳狗开始打哈欠的时候,巡逻队回营地协助首领、守卫穆恩,那时范俄里就会率领捕猎组外出,等到天黑,他们会带着食物返回。"

见拉奇还要争辩,特维奇紧跟着训斥说:"这是规矩!拉奇,别把你在城市里的那一套带进我们的团队。"

拉奇愤愤地在耳朵上抓了一把,抖了抖身体,顺从地跟在他们后面,还留恋地回头看了眼已经跑得无影无踪的那只老鼠。他估计这个规矩应该是为保护食物资源制定的吧,这样能够保证成员们都平等地获得食物。如果狗们各自为政——像那只吃了一只兔子的无名狗一样——他们或许很难抵制多吃食物的诱惑。

*唉,森林狗啊,*拉奇沮丧地想,*对于野狗群的生活,我要*

学的东西还很多。不要让我再犯类似的错误……

刚才发生的事让他心里很沉重。特维奇和达特轻描淡写地就放走了猎物，显然意味着这里的食物极为丰富，他们对这点食物压根儿不放在心上。而贝拉和她的团队却忍饥挨饿，假如不冒风险，例如在野狗群的眼皮子底下偷猎，他们可能连活下去都成问题。就算首领把他的地盘拿出来给大家共享，这里的猎物也足够所有的狗吃了。这一切显得那样的奢华，那样的不公平。

不过，这些也只能在拉奇心里想想罢了。一旦他流露出同情那些拴绳狗的意思，野狗群肯定会立刻对他产生怀疑。

他估计那时候首领把他撵出团队都算是轻饶他了。想到这里，他暗暗提醒自己说："拉奇，千万别让他们识破你的真实身份啊。"

他踩着河里的石头过河。石头摇摇晃晃，一不小心他就会掉进河里被冲走，就像那只大家害怕提起名字的狗一样，成为另一个反面教材。

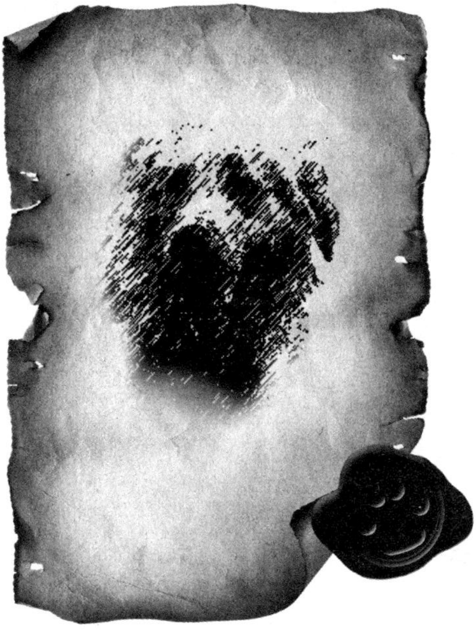

第十一章

直到月亮狗爬上地平线伸懒腰的时候，拉奇还在为放跑了那只老鼠的事情耿耿于怀。他实在饿极了，只好趴在地上，舔着胸前的毛，以掩饰自己的不耐烦。所幸的是，正如特维奇所说的，等猎手们带回猎物，他就会有的吃了。

猎手们返回时，太阳狗已经下了山，空地的草坪上泛起淡淡的雾。守在营地的狗们都站起来向猎手们致意，带着期盼的眼神，口水直流。拉奇借着这个机会朝四周张望。

嗯，所有的狗都在场——至少他认识的都在。只有穆恩另当别论，因为她得在窝里照看孩子们。如今整个野狗群都在等待分配食物，这正是贝拉他们潜到湖边的最佳时机。想到这里，拉奇不禁窃喜。

或许贝拉的计划真的管用呢。

范俄里走入空地，撂下一具小小的动物尸体。他嗅了嗅空气，然后朝着穆恩所在的方向大声喊道："今天的收获不小，有田鼠、兔子，还有囊地鼠。"拉奇流着口水心想：*还有一只肥鸟，以及两只松鼠。看来每只狗都能吃饱了。*

斯普林把叼着的兔子尸体扔在猎物堆里，气喘吁吁地说：

"这个家伙很狡猾,差点儿让它跑掉了。"

斯耐普温柔地舔了一下她的耳朵说:"但最后还不是被你逮到了!"拉奇注意到这只小狗的皮毛上粘有泥点和血迹。

猎手们散开和大家伙一起坐了下来。斯普林得意扬扬地信步走到特维奇面前,向他讲述这一天的打猎故事。特维奇表情温柔地倾听着,双眼充满了爱慕的神情。冒赤和达特扭到了一起打闹,达特个子小,被冒赤掀翻在地后,恼火地在对方嘴上咬了一口。拉奇的肚子咕咕直叫,饿得心里发慌。

最后,首领走上前,满意地在猎物堆上嗅了嗅。于是拉奇站起来,饥肠辘辘地直奔那只囊地鼠。没跑出几步,忽然感觉自己的身侧被牢牢咬住,转头一看却是达特。

"现在还不能吃!"达特低吼说。

犯错误了! 看见其他狗都一动不动地待在原地,拉奇吓得赶紧回到达特和特维奇身边。"对不起,"他嘟囔说,"难道食物都是由阿尔法亲自分配吗?"

所有狗都眼巴巴地看着首领抓起那只肥鸟和最肥大的一只兔子,卧在石台上,用牙齿撕开猎物大嚼起来。

拉奇看看周围的狗,发现没有一只狗敢动。他们要么趴在地上,要么耐心地坐着,尾巴轻轻拍打着草地。与此同时,首领则独自享受美食。

拉奇肚子咕噜直叫,于是说:"这是啥意思?我们不能去吃吗?"

"我们轮流进食。"达特好笑地说,"怎么连起码的规矩都不懂?"

拉奇嘟囔说:"哦,城市和这里不一样。"

冒赤傲慢地说:"我们这里十分讲规矩。我们可不是捡破烂的。"

拉奇不想回答。他知道,无论自己说什么,最后都会招来冒赤的嘲讽。

首领不慌不忙,怡然自得地咬碎骨头,把上面残留的肉舔干净。等他吃饱后,斯维特才走上前,吃掉了一只囊地鼠和两只田鼠。然后轮到了范俄里,他将一只松鼠扔给蜷缩在一旁的欧米伽。欧米伽说了一声谢谢,带着食物朝灌木丛下穆恩的窝跑去。

欧米伽嘴角挂着一丝口水,但直到最后把猎物放在穆恩的脚边,他都不敢去舔一下。拉奇这才明白,欧米伽刚才说的那一声谢谢并不是为了食物,而是为了能够把食物带给穆恩,这也算是一种"待遇"吧。穆恩家的三个小不点儿用他们粉红的鼻头在猎物身上嗅来嗅去,恐怕他们年龄小得连吃东西都不会呢,拉奇看着这一幕,心里越发觉得这种团队规矩真是古怪。

我能适应这种生活方式吗?

拉奇垂头丧气地看着猎物渐渐稀少。肥鸟已经被挑走了,兔子只剩下一只,连老鼠都没有几只了。*还能给我剩什么吃的啊?*他从来没有想到沦落到底层居然会是这样悲惨。

看着范俄里大口咽下囊地鼠肉,拉奇空空的肚子响得好比阿尔法的怒吼。这时,他察觉身边有个影子晃了一下离开了,于是转头看去。只见冒赤正鬼鬼祟祟地爬向掉落在食物堆外的一只田鼠。他伸长胳膊,做出伸懒腰的样子……

只可惜注意到冒赤的不仅是拉奇。正当他的爪子抓住田鼠尾巴的时候,斯维特骤然冲了过去,在他的耳朵上狠狠咬了一口。冒赤痛呼一声,急忙丢掉爪子里的田鼠。

"你想干什么?"斯维特厉声说,"滚回你的位置去!再敢做这种小动作,就把你驱逐出团队。"

冒赤低声道歉,耳朵滴着鲜血,小步疾走,回到原来的位置。拉奇的心不断下沉。眼前的这只狗还是他在牢笼里认识的那个害羞、温柔的斯维特吗?

"斯耐普,"无影狗斯维特大声喝道,"别磨磨蹭蹭的,月亮狗都快睡觉去了。"

"来啦,贝塔!"

让拉奇痛心的可不光是斯维特的变化,还有那些看得见却吃不到的食物呀。他万万没想到是这么个吃法,地位低下的狗还能吃到些什么呢?囊地鼠不多了,剩下的松鼠比树枝粗不了多少。斯耐普吃过后才轮到冒赤。经过刚才的事之后,这只黑狗老实多了,不声不响地上前抓了一只田鼠和一只松鼠,扭头就往回走,生怕再挨揍。

"你去,斯普林。"斯维特中断和范俄里的交谈,下达了另一个命令。

和特维奇长得十分相似的斯普林饥肠辘辘地走上前领取自己的那一份食物。拉奇瞅了瞅特维奇,问:"她是你妹妹?"

等首领吃饱后，斯维特才走上前，吃掉了一只囊地鼠和两只田鼠。

然后轮到了范俄里，他将一只松鼠扔给蜷缩在一旁的欧米伽。

欧米伽说了一声谢谢，带着食物朝灌木丛下穆恩的窝跑去。

欧米伽嘴角挂着一丝口水,但直到最后把猎物放在穆恩的脚边,他都不敢去舔一下。

欧米伽刚才说的那一声谢谢,并不是为了食物,而是为了能够把食物带给穆恩。

我能适应这种生活方式吗?

特维奇点了点头，说："当然，不过她可不像我，长了一条没用的腿。所以，她在团队里的地位比我高。"

拉奇不敢流露出同情的意思，因为他觉得这会惹特维奇不高兴。"可是，我们在团队里的地位是能够改变的，对吗？难道你不能升职吗？"

"哼，升职？降职还差不多。"特维奇愤愤地说。

拉奇紧张地舔了舔嘴唇，看着渐渐萎缩的猎物堆，心里有些恐慌。"我们的地位是怎么变化的？我是说，阿尔法依据什么来决定大家的地位高低呢？"

"你说的是阿尔法和贝塔吧。"特维奇说，"阿尔法在很多事情上都听贝塔的。能改变地位的方式有很多。假如你做了蠢事或将团队置于危险的境地，就会被驱逐出团队。如果你犯的错误很严重，驱逐都算轻的了。另一方面，假如你对团队做出了大的贡献，地位会随之提升。不过，升职需要的时间很长。"说着，他叹了口气，耳朵耷拉下来，"犯错误的机会总是比升职的机会多得多啊。"

这一点，拉奇用爪子也猜得到。

"我们能主动提出升职的要求吗？"

"当然啦。不过那需要你向别的队友提出挑战才行。这也是我为什么迟迟升不上去的原因。我试着挑战过几次……"特维奇怨恨地盯着他那条瘸腿，说，"但从未赢过。在团队里，我唯一能打败的狗就是欧米伽了，可那算什么呢？也幸亏如此，最脏的活才轮不到我。啊，万岁！达特吃完了，终于轮到我了。"

特维奇走到所剩无几的猎物堆前,开始吃枯瘦如柴的松鼠和一些兔子的残骸。拉奇一边等待,一边偷偷瞄了眼可怜的欧米伽,他站在团队最边缘的位置,身体不停颤抖,可能是冷的,或者是饿的吧。拉奇很同情他,却又庆幸还有一只狗比自己的地位低。然而,这种庆幸又给他带来一种愧疚。于是,他更理解特维奇的感受了。

接着,拉奇又想起了伙伴们。如果贝拉运用这种规则统治她的团队,那么谁将是欧米伽呢?不可能是戴兹,因为她很精明……是阳光吗?可怜的阳光啊,她面对野外生活时总是显得那样无助,想到她可能面临的悲惨境遇,拉奇有些不寒而栗。或者,欧米伽也可能会是小阿尔菲吧?

如果他没有被阿尔法杀死的话。

等特维奇吃完,拉奇走上前。给他剩下的还有大半只囊地鼠以及一小块松鼠肉。食物不多,不过饿得前心贴后背的拉奇已经很满足了。至于欧米伽,留给他的还有……

一只干巴巴的瘦鼩鼱。

就在欧米伽可怜兮兮的目光下,拉奇叹了口气,咬断兔子的大腿骨,然后把兔子前腿放在鼩鼱旁。

忽然,拉奇的耳边响起斯维特冰冷的声音:"这种事不允许有第二次。"

拉奇目瞪口呆地看着她:"可是——"

"这个团队不需要怜悯,你听清楚了吗?填饱你的肚子就行了。你的任务是巡逻,如果因为身体虚弱而误了事,我会撕掉你的耳朵。要么吃掉你的食物,要么现在就离开团队。听明白了没?"

大家的目光都落在拉奇的身上。他听见几只狗在小声嘟囔,似乎无法理解刚才发生的事情。只听冒赤大声说:"这肯定是他的城市狗作风。"

拉奇绝望地盯着斯维特的脸,想从中捕捉到一些她为了团队利益而演戏的蛛丝马迹。可是她的目光是如此的冷酷。她不是在演戏,她是认真的。

原来这就是她在这个团队里快速升职的原因啊。这种冷漠是拉奇当初在牢房里所预料不到的。而斯维特自己已经习惯了这种变化。

"你的怜悯不能帮欧米伽半分。"斯维特嫌恶地看着那个丑陋的小家伙。

"我知道。我只是——"

"城市狗,看样子你需要学会什么是群体生活。"

狗群里发出一阵窃笑,特别是冒赤,或许是想掩饰刚才自己的劣行吧,这时也添油加醋地说:"包容这个脆弱的可怜虫,把不应得的食物给他吃,那么他永远也别想在团队里更进一步。"

首领看着斯维特,目光里充满了赞许。拉奇一瞥眼瞅见了,心里更是又羞又妒,说:"我明白……贝塔。"

"很好。不给他个教训,他永远都得不到提高。我说得对不对，欧米伽？"

小不点儿吸着鼻子点点头，顺从地说："是的，贝塔。您说得对。"接着，他瞪了眼拉奇，恨恨地说："我不需要你的怜悯。"

首领放声大笑，说："欧米伽，你终于说对了一次。城市狗的做法只会把你控制在他的爪下，而不是在真正帮你。"然后，他冷冷地看着拉奇，说："拉奇，你还没有完全接受团队的规则。放聪明点，记住今天的事——从现在开始，按照我们的方式去做。"

斯维特怒视了一眼拉奇，目光中还夹杂着复杂的含意。她说："阿尔法，我敢担保，他会记住今天的事。"

到此，对拉奇的教育算是告一段落。他很感激斯维特，因为若不是她最后的结案陈词，还不知道何时是个头呢。他默不作声地继续吃东西，尽管不情愿承认，但他知道斯维特刚才的做法很对。她表现出的不仅是严酷，还有公平和公正。其实野狗群也不会真的让欧米伽饿死，毕竟还有很多低贱的活儿需要他去干呢。而且，拉奇感觉就算是森林狗站在这里，也会认可斯维特的严格执法。因为，这对欧米伽来说也是一种鞭策，令他更加努力去提高自己在团队里的地位。

不过，拉奇心里仍不是滋味，没精打采地撕咬着兔肉，一点胃口都没有。

他听见冒赤说："不知道他现在还会剩多少吃的给欧米伽了。"

"这是他和我们第一次进食。"斯耐普的声音更低,"我敢说,他很快就会习惯我们的生活方式。"

拉奇吞咽着苦涩的肉,感觉越来越看不透这些狗了。他们表面上看似不和谐,却在某些方面出奇地一致。就拿斯耐普来说吧,平时她看不上冒赤,但这时却和他一个鼻孔出气。似乎所有的狗都在为了同一个目标,朝着同一个方向使劲。

拉奇得出结论:*这个团队真是奇怪的很。*他想起了贝拉和那些拴绳狗们。尽管他们是笨拙的猎手,尽管他们总是不自觉地把希望寄托在他们的长脚主人身上,但他们是真正的伙伴,绝不会袖手旁观任何一个队友挨饿。而这支野狗群呢,当他们看着欧米伽抖抖簌簌地爬向干瘦的鼩鼱,为了多享受片刻进食的时间而刻意地细嚼慢咽,甚至最后连骨头都不放过的时候,却在旁边饶有兴趣地指手画脚。

但是,无论是贝拉的团队,还是阿尔法的团队,都不是拉奇想要的。他最怀念的还是当独行狗的日子——自由、悠闲,不必对谁负责。没有任何狗要他承担责任,他不需要服从谁,也不需要领导谁。眼前欧米伽那如饥似渴般嚼骨头的样子,令他不忍看下去。

其他狗都开始做起了放松活动,伸伸懒腰,抖抖毛,把胸前的最后一丝血迹舔干净。就在欧米伽吞下最后一口骨头的时候,群狗们聚成了一个新的圈子。

见特维奇远远地招呼自己,拉奇走了过去。忽然,一个声音如波浪般拂过空地。拉奇立刻停下脚步,一些悲惨的回忆陡然浮现。那个声音仿佛回响在他身体的最深处。他抬起头,一阵寒意激得全身的毛都竖立起来。

整个野狗群齐齐地仰望漆黑的夜空,喉咙里发出狂野的低吼。拉奇看见欧米伽那小小的身影从身边经过,圈子里的两只狗立刻给他腾出了一个地方。欧米伽站在中间,抬起头向天上的星星发出长啸。

拉奇浑身颤抖着爬了过去。如同对待欧米伽一样,其他的狗也为他让了一个位置,恰好是在斯维特旁边。此时,斯维特伸长纤细的脖颈,仰头对着天空号叫。

叫了一段时间后,她的声音渐渐止息。她转头看向拉奇,目光深幽而肃穆,根本不像平日里的那个傲慢的二把手。

"每天夜晚,我们都会向狗神长啸。"斯维特轻声说,"拉奇,和我们一起歌唱,加入到我们的'群啸'中来吧。"

这番话语好像激发起拉奇骨子里的血性一般,立刻让他每一块肌肉都充满了能量,这种能量如同爆发的火山,喷发向上,直冲云霄。拉奇心里有种强烈的欲望,只想就这样高声号叫整个夜晚。

隔着群狗围成的圈子,拉奇看见穆恩和她的三个孩子也在其中。三只狗崽张着吃奶的小嘴,叽叽呜呜地也朝着天空喊叫。那一刻,拉奇心里突然涌起一股想要保护他们的冲动,于是他号叫得更加大声——既为了这些幼崽,为了欧米伽,也为了斯维特、阿尔法和其他的狗。

星辰仿佛在缓缓旋转,组成许多狗的图案。不仅如此,这个过程仿佛深深印在了拉奇的心灵里。狗的图案变得鲜活起来：有一只奔驰在丛林中的巨犬，还有一只在河中破浪前行，而河中的那只巨犬仿佛化作了波浪的一部分，不但没有丝毫被浪花吞没的迹象，反而显得十分欢快。一朵朵云彩飘过明亮的夜空，狗武士们在云朵间跳跃，闪耀出一道道刺眼的光芒。

这一下拉奇全明白了，原来周围的这群狗是在对狗神长啸。穆恩的啸声清扬高亢，拉奇怀疑她是否在对月亮狗致敬。范俄里的啸声则如大地般雄浑，而冒赤的啸声尽管略显单薄，却充满了对家园的热爱。这几只狗都在用各自的方式表达自己对地狗的呼唤。

而狗神们也对他们做出回应。

刚才从眼前一闪而过的是狗神，还是自己的幻觉呢？拉奇惊疑不定。其他狗也看到了吗？这种情况之下，拉奇不好打断群狗的仪式，于是继续随着大家一起号叫，只是声音更加洪亮和高亢。接着，他仿佛听到了狗神们的歌声，眼前也浮现出巨大的狗神在梦幻森林中狩猎的画面。

拉奇顿时觉得充满了力量，似乎能永不止息地号叫下去。狗神们就在他的心里，在每一只狗的心里，伴着他们歌唱，在他们周围跳跃。

终于，大家的叫声渐渐停息，而狗神的影像也从他的视线中慢慢消失。不知不觉中，号叫完全停止了，拉奇眨眨眼睛，恍如从一场大梦中醒来——一场他永远也不希望结束的梦。他感觉到一股难以抑制的冲动涌遍全身，只想把自己全部的忠诚都奉献给这个团队。他忘记了仅仅在片刻之前的感受：怨恨、羞愤，还有仇视。他们是他的兄弟姐妹，是他生死与共的伙伴，而他永远、永远都不想离开他们……

尽管这种感觉若有若无，却深深地印在了他的脑海里、心灵里。现在，他明白除了生活的残酷之外，把这些狗紧紧维系在一起的是什么东西了。破天荒的，他领悟到了斯维特对他说的那番话的真意。

拉奇默默地走向巡逻队，此刻哈欠连连的达特和特维奇已经开始例行巡逻了。这两只狗耳朵竖立着，眼睛闪着幽光，任何狗都休想悄无声息地摸进营地。

拉奇趴在地上，头搁在前爪上，耳朵竖立，时刻保持警觉。他盯着首领阿尔法休息的地方，看见他和斯维特蜷缩在一起，粗大的尾巴搭在她的鼻子上。

拉奇心里有一种说不出的感受，这种感受不是出于忠诚和守护，也不是对这个团队的热爱。这种感受令他的脖子如针扎一般，颈毛都竖立起来，他知道，这种感受叫——忌妒。

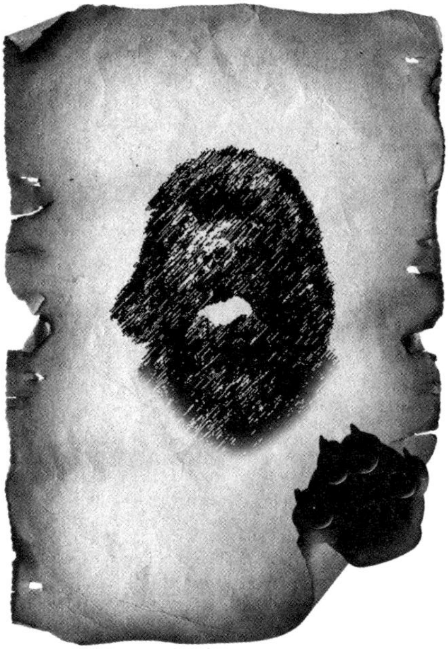

第十二章

怒吼声，厮杀声……

伤者的尖叫和哀鸣声……

战斗的怒火在号叫中熊熊燃烧。

两位影影绰绰的首领冲着对方汪汪怒吼，命令各自的战士奋勇杀敌……双方战士在各自首领的号令下奋力厮杀。

斯维特的牙齿死死咬住拉奇的耳朵，眼看着就要把耳朵从脑袋上扯下来了。然而，就在他奋力转身反击的时候，看到的却是无尽的黑暗。鲜血顺着脸部直流，眼前却看不到任何敌人，他的心里充满了绝望。

这是血腥的杀戮战场，这是——狗潮！

* * *

随着一声可怕的吼声，拉奇从梦中惊醒。他这才发觉顶在脑袋上的并不是梦里那惊恐的情景，而是特维奇。特维奇趴在拉奇旁边，用那只伤腿摇晃着他的脑袋："拉奇，快醒醒，轮到你站岗了。"

拉奇摇摇晃晃地站起来，深吸了口气，压住内心的恐惧。

这里没有战争，没有死亡，没有杀戮，有的只是那个已经睡了五个晚上的树洞。寂静的丛林只能听到树枝的沙沙声，以及甲虫和其他小动物经过时发出的轻微声响。

"快呀，拉奇！"特维奇催促说，"我困死了。"

拉奇伸了个懒腰，抖了抖毛，给特维奇腾开睡觉的地方，边打哈欠边说："我以前从没站过岗。你确定是我……"

"贝塔说你可以的。她说你现在已经融入了角色，表现出了对团队的忠诚。"特维奇赞叹说，"她还说，她信任你。她的信任就是我们全体队员的信任。"

拉奇沾沾自喜地问："我该去哪里巡逻呢？和谁一起？"

"晚上我们都是单独巡逻。"特维奇说，"你要做的事很简单，就是绕着营地转一圈，睁大眼睛喽，别放过任何可疑的动静。为保证安全，独自巡逻时一定要不停地走动。注意，别在同一个地方停留太长时间。"

拉奇迷迷糊糊地朝着空地入口走去。尽管很疲劳，但他很感激特维奇将他从噩梦中叫醒。斯维特的信任令他有种不堪承受之重。他到这里不过才四天的时间，却被赋予了守卫整个团队的重任。

他不能让大家失望。

就在胡思乱想的时候，他猛然清醒过来：真是睡糊涂了，自己差点儿忘了来这儿的原因。每天晚上的"群啸"都占据着他的心灵，将他一步步拉近这支野狗群。每天早上醒来，他的血液里仍然残留着前夜的激动，然后随之而来的记忆令他感到无比羞愧。就这么轻易被敌人同化而忘记使命吗？

然而这份羞愧却与日渐减。

不！他再次提醒自己，他并不属于这个团队。他是来这里执行任务的，如今该行动了。此时正是他偷偷溜走的最好时机。找到贝拉，把野狗群的弱点告诉她。离开这里，永远也不再回来。

野狗们或许永远都不知道是他背叛了他们。

拉奇用力抖了抖毛，暗暗痛恨自己为什么竟会有种悲伤的感觉。特维奇和达特会在巡逻的时候想起他吗？他很想知道，他们会对自己的遭遇作何猜想。至少，他不用再面对他们了，甚至还有斯维特……想到斯维特，他感到万分难过。

他又恼火地抖了抖毛，他不能辜负贝拉和伙伴们。回头看了一眼熟睡中的营地，拉奇悄无声息地钻入漆黑的丛林里。

"再见了。"他默默地说，"对不起，我必须这么做……"

月亮狗高悬中天，拉奇小心翼翼地在树林间穿梭，不知道贝拉是否仍在约定的会面地点等候他。假如她已经离去，不管愿不愿意承认，他都会感到如释重负。白白等了这几天，或许贝拉已经对他完全不抱希望了吧……那样的话，他就可以独自上路了……或者，回到野狗群。

当他走进那片宽阔的地域时，正如贝拉当初所说，他嗅到了长脚的气味，还有灰烬和烧焦的食物。他看见奇形怪状的桌子和凳子，被月亮狗涂上了一层银色的光辉。桌子下，是一团团蜷缩的身影随着呼吸轻微移动。

贝拉和米琪依偎在一起正酣然熟睡。拉奇走过去，轻轻推了推他们的脸。

"贝拉——米琪——"

对方立刻醒过来，跳起身，颈毛竖立着，嘴里发出凶狠的呜呜声。

"是我啊。我是拉奇。"

贝拉和米琪闻声放松下来，长长吁了口气。他们兴奋地跑上前和拉奇打招呼。拉奇也因为见到老朋友而激动不已，在野狗群的短短几天，对他来说仿佛一个世纪那么长。直到这个时候，他才知道自己是多么想念妹妹啊。

他温柔地蹭了蹭贝拉的耳朵，说："大家安全就好。布鲁诺和玛莎好吗？"

贝拉顿时犹豫了一下，米琪摇了摇头，粗声粗气地说："不好，我们把最好的食物和最干净的水都让给了他们，可他们却总不见好。"说着，米琪眼瞅着地上，似乎告诉拉奇这么个坏消息令他很难为情。

拉奇心里一沉。如果不能找到新的水源和食物，大家的处境就不会好起来。想到这里，他暗暗惭愧。尽管这几天他在野狗群里吃的其实不多，不过至少他还有食物吃啊……

这几天积累的忠诚感顿时冰消雪融，一阵阵的愧疚啃噬着拉奇的心。"很抱歉，我耽误了这么长时间。实在是没有溜出来的机会，营门口总有狗把守着。"

"我们理解。不过毒水顺着河流扩散得越来越远。"贝拉平静地说,"猎物也寥寥无几。我估计还是因为毒水的缘故,猎物们都迁居了。每次天上下雨,我们都得快速搬出洞穴,以免洪水把洞穴淹了。不能再因为接触河水而导致减员了。"

"有道理。"拉奇舔了舔她,"这段日子你们肯定过得很艰难吧。"

"拉奇,"贝拉抬起那双金色的眼睛,期待地问,"你找到通向湖边的路了吗?"

"是的,我找到了。"拉奇强装笑颜地说,"听着,野狗群仍不肯和你们分享他们的资源。"

"可是——"

"别急,你听我说。我已经摸索出一条安全的小路,能够一直通到湖边,而且我也得知了去湖边的最佳时间。有一条水沟——待会儿我指给你们看——沿着水沟绕一大圈,就能够到湖那边。巡逻队不会去那儿,而且,到了晚上,风就会变小,不用担心他们会顺着风嗅到我们的气味。到了那时,我觉得大家就能够安全地喝到水了。"

"你觉得?"贝拉狐疑地问。米琪担忧地瞅了他一眼。

"最好的时机就在太阳狗下山后。"拉奇继续说,"我们不仅能借着夜色行动,而且那时对方的狩猎队也回到了营地。整个狗群会在一起聚餐,所以不用担心巡逻队。"

不知为什么,他不想提起"群啸"的事。或许是因为每当想起那一幕,都会刺激他骨子里的野性吧……

米琪跺了跺脚,贝拉皱着眉头说:"不知道布鲁诺和玛莎的体力能不能撑得住。"

"这不是问题。"拉奇说,"我们把所有身体强壮的狗都叫上,那样就能把足够的干净水带回给营地的伤员们。"

两只拴绳狗交换了一下目光——不知为什么,这令拉奇有些不高兴。米琪用爪子把一些树叶聚成小堆,这种毫无意义的事情仿佛忽然引起了他极大的兴趣。贝拉则仰头看星星,似乎在寻找小时候妈妈指给他们看的那些由星星组成的兔子或其他动物图案。

"能够回来,你们不知道我有多开心啊。"拉奇兴奋地说,兴奋得连自己都听得出来,"我太想念大家了!"

"拉奇,"贝拉叹了口气,眉毛一挑,看着他说,"你不应该回来……现在还不是时候。"

"什么?"拉奇吃了一惊,"可是我已经找到了路……"

"不,"贝拉坚定地摇了摇头,"拉奇,你干得非常好,但你清楚吗?你现在赢得了野狗群的信任。你看,你能够在不惊动他们的情况下溜出来,这说明他们信任你。好好利用这份信任,你能发现更多的东西!和他们再多待一段时间,拉奇——为了我们。"

拉奇凝视着她。一想到自己此刻对野狗群的背叛,他便感到羞愧难当。而且,万一他们发现自己失踪了怎么办?他觉得很难对首领做出解释,也很难面对斯维特,这位把守卫营地的重任交给他的朋友。自己的行为会给她惹来麻烦吗?

然而,他又很想再见到斯维特。这不仅仅是为了贝拉和她的伙伴们所托，从斯维特那里获取情报。

我又能参加"群啸"仪式了……我能感受到地狗和天狗们的力量。我喜欢那种掌控命运的感觉——而不是目前这种四处游荡，如丧家犬的生活。

想到这里，他心里又涌起一阵悲伤。没有他，那些拴绳狗们能够生存下去吗？他的妹妹正变得越来越坚强和自信——他能看得出来——可是，她却无法像野狗群那样去理解周围的环境。他们仍需要他的帮助。

"好吧。"拉奇最后说，"我会回去。可是贝拉……"

"可是什么？"贝拉提高嗓门儿，语气里隐隐含着怒意。

拉奇摇了摇头，说："没什么。我只是想让你明白，我不喜欢做这种事情，一点都不想。"

说完，他转身离去。那一刻，他分明看见贝拉和米琪的目光中闪过一丝愧疚。但他没有去安慰他们。正是因为他们的逼迫，自己才会做这种违背本心的事，所以，他们理所当然感到愧疚。

累了一整夜的月亮狗已经下去睡觉了，而太阳狗很快将出现在地平线上，顶替月亮狗的位置。拉奇必须在野狗群醒来之前赶回营地。匆忙中，他并没有失去应有的冷静，每前进几步都要停下来倾听周围的动静，嗅感微风中的气息。一旦发现巡逻队的踪迹，他便会立刻奔回到贝拉那里。擅离职守一夜，说什么野狗们都不会相信的。

树上的小鸟开始了清晨的鸣唱。拉奇的经过惊飞起一只鸟，他赶紧停了下来，一颗心悬在喉咙里。等了一阵，还好，周围没有响起狗叫。拉奇轻轻抖了一下爪子，继续往前走。忽然，他注意到自己身上竟然残留有贝拉的气息。这下可把他吓得不轻；若是被其他狗发现可怎么办啊？

他钻进一堆腐烂的落叶里来回翻滚，直到将贝拉的气味去除干净。

一路上走走停停，终于来到了野狗群的营地外围。带着无法抑制的恐惧，他悄悄接近，同时留神野狗们醒来的动静。

营地内十分安静。拉奇悄无声息地回到岗位，还没等站稳，就看见斯普林伸着懒腰、打着哈欠站了起来。她那双棕黑色的耳朵耷拉着，鼻子不停抽动，嗅闻周围的气味，一边嗅着，一边走到拉奇身前，舔了舔他的耳朵。

"有情况吗，拉奇？"她慵懒地问。

"没什么情况。"他撒了个谎。*唯一的情况就是我又回来了……*

"那就去睡会儿吧。"斯普林替换下拉奇的岗位，目光从营地外的丛林扫过。"任何潜在的危险都逃不过我的鼻子。"

"有什么危险吗？"拉奇问。

"这个真没有。"斯普林回答说，"除非脑袋进水了，否则有谁敢来惹我们？"

"我想你说得对。"拉奇说完，回到睡觉的苔藓床铺前转了个圈，仰头看着天空，期盼着天狗们能够听到自己的心声。

对不起，我不该这么卑鄙，可伙伴们需要我的帮助……

他躺下来合上双眼，却怎么也睡不着。肯定是月亮狗发火了，才赶走了他的睡眠。*啊，森林狗，请帮我向她解释一下，我是迫不得已的。*

祈祷没有效果。而且，每当他闭上眼睛的时候，那个关于狗潮的噩梦就隐隐浮现。经过一番折腾，他知道今晚是睡不成了。可是如果现在起来在营地里晃荡，肯定会遭到其他狗的盘问。而拉奇最近说的谎话实在够多了。

这就是他为什么偏爱当一只独行狗的原因了。谁能忍受这种精神分裂呢？忠诚就是一种诅咒，他苦涩地想，因为你不可能同时对所有狗忠诚。像他这么一只独行狗，怎么就鬼使神差地和两个狗群纠缠在一起，为什么不是只属于一方呢？自从裂地吼事件发生后，整个世界都乱套了。

太阳狗的鼻子拱出了地平线，一抹金色的光芒点亮了整片森林。这下彻底睡不成了，拉奇无奈地叹了口气。

他不想继续撒谎了。这样下去，他非被折磨得发疯不可。怎么才能够走出目前的困境，同时又不伤害到自己所关心的狗呢？

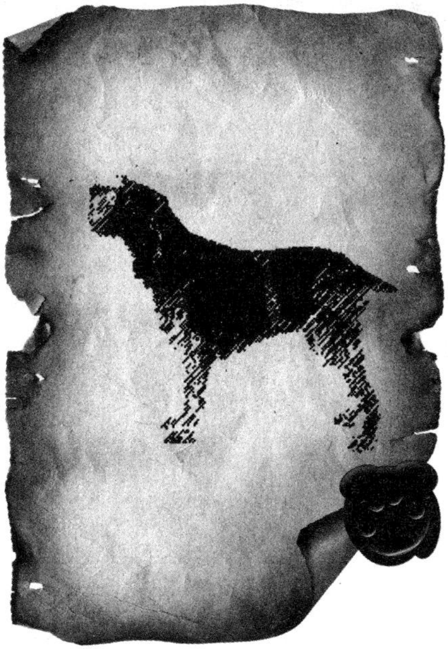

第十三章

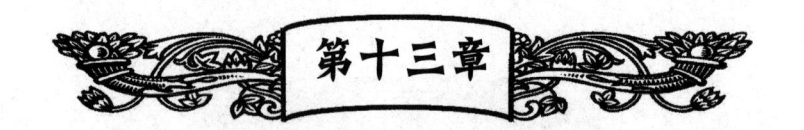

"等等!"达特吼叫说,"大家都站着别动!"

拉奇抬起头竖起耳朵,看见达特警惕地嗅着风,嘴唇翻开露出牙齿。拉奇心里越发不安起来。

达特很容易发怒,有时拉奇觉得达特其实巴不得出事——那样的话她就可以大干一场了。

谢天谢地,负责白天巡逻的狗已经赶了过来,因为拉奇现在疲惫极了,身体懒得再动一下。可是,在这片视野开阔、一览无余的草坪上,达特能发现什么危险呢?拉奇所看见的除了草还是草呀。

"怎么了?"他问。

"不知道。"达特又嗅了嗅空气,"有陌生的气味。"

特维奇没有说话,开始在四下里寻找达特所说的陌生气味。拉奇跟在特维奇身后,暗想达特发现的东西可千万别与贝拉他们有关。自己不在,也不知道贝拉会不会做什么蠢事。如果他们饿得失去理智,闯入野狗群的地盘怎么办?

忽然,拉奇停下脚步,一只爪子悬着没有落地。因为此时,他也嗅到了一股陌生的气味。他愣了一下,仔细辨别这股气味：泥土味、金属味，还有动物皮的味道……还有那种很刺鼻的液体，长脚经常将这种液体灌进……

怪叫笼！①

不过，这不是普通的怪叫笼；这种怪叫笼对于在城市里生活过的拉奇来说也很少见到。与那小怪叫笼相比，它们散发的气味更刺鼻。拉奇曾见过它们把整条马路都铲起来，大块大块的泥土被翻起。这种怪叫笼通过履带的滚动前进，凡是经过的地方，土地都被碾压得十分平展。

"快停下，达特——我知道这是什么！"

达特疑惑地看了他一眼，小声问："这是什么东西？"

"这是怪叫笼的气味，不过是那种大的——"

达特缩了一下，惊恐地说："怪叫笼？哦，和咱们一点关系都没有。咱们还是继续巡逻吧——注意避开它——"

"它们对我们构不成威胁。"拉奇告诉她，"它们的个头太大，根本不会对我们产生兴趣。我们应该过去看看它们在干什么。"

"不行！"达特拒绝说，"管它们干什么？"

"因为它们能把狗碾死。"拉奇对他们说，"即使是最快的狗，也跑不过一个怪叫笼。"

"或许贝塔跑得过呢。"特维奇走过来说，"她奔跑的速度非常快。"

"她也不行。"拉奇苦着脸说，"我们现在必须小心了。"

---

① 即汽车。

"我从未见过怪叫笼。"特维奇说,"也从未听说过有那么大的东西。"

"当然没见过啦。"达特呵斥说,眼看着又处在暴怒边缘,"你和斯普林都在野外出生并长大。我还是幼崽的时候曾住在城市里,见过怪叫笼,它们真是可怕。我的一个小伙伴……"说着,她打了个寒战。

拉奇心想,或许达特说得对。或许他们应该避开那个巨无霸怪叫笼。可是,它跑到野地里来做什么?难道长脚们准备在这里建一座新城吗?如果是真的,最好还是让大家知道这个消息,以便留出足够的时间去准备迁徙。

"就看一下。"拉奇说,"我敢肯定,首领也会让我们去查看的。"

听到这句话,达特和斯维特不再反对。三只狗循着怪叫笼浓烈的气味追踪下去,一路上,拉奇被熏得几欲呕吐。直到他们爬上一座山丘,拉奇这才缓过气来,抬眼看见一片大平原。

一个黄色的巨大怪叫笼停在那里。地面上爬满了它碾过后留下的印记,印记周围是一堆堆被翻起的泥土。除了怪叫笼之外,还有另外一个长鼻子的铁家伙。铁家伙足足有一半钻进了泥土,仿佛是在寻找地狗。拉奇看到这一幕,顿时打了个寒战。

既然怪叫笼在,自然也少不了长脚。那些长脚们穿着奇怪的黄色衣服,正是拉奇当初在毒河边遇到过的。

"后退!"他急忙冲特维奇和达特叫道。其实不用他提醒，他们两个早已经缩回到了树林边。拉奇说："那些长脚们很不友善。达特，你说得对——无论他们在做什么，都对我们很不利。"

特维奇趴在地上，小心翼翼地从草丛里探出了头，悄声说："你们看履带上的那排铁牙，它们在啃土地。你们觉得地狗会被他们逮着吗？"

达特说："如果地狗被逮着，她会让我们知道的。她会再次爆发裂地吼。"

"如果它们杀了她呢？"特维奇胆怯地说。

"我不知道。"达特没好气地说，"不过拉奇说得对，咱们现在该离开了。"

"可是我们说过要多发现点情报，以便向首领汇报啊。这是我们的职责。"

见特维奇一脸倔强的模样，拉奇又是恼火又是无奈。这只瘸腿狗分明是想在首领面前表功，好提升自己在群里的地位嘛。不过，就连拉奇都知道特维奇没什么希望：速度和力量是一名高级猎手的基本素质，即使是冒赤和斯普林，虽然比范俄里、斯耐普缺乏经验技巧，但面对特维奇时却能够丝毫不惧。不过，特维奇的话也有些道理。即使对方是长脚，但这个怪叫笼的行为也太古怪了——找出他们的目的或许会有用吧。

不过，三只狗看了老半天也没看出什么名堂。那个巨大的怪叫笼安安静静地卧在地上，一动也不动。长脚们四周转悠，一边说着话，一边检查被翻起的土地。其中一个长脚单手拿着一个盒子,他不停地触碰盒子,时不时盯着看一会儿。看样子那个盒子对他十分重要。

他们所干的事情就是——站在那里,说话,用棍子戳戳土地,然后看两眼盒子。正当拉奇准备离开的时候,其中一个长脚钻进了怪叫笼的肚子里。一阵沉寂过后,怪叫笼忽然发出可怕的吼叫,震得大地都在颤抖。

拉奇吓得缩成一团,一瞥眼瞅见特维奇和达特也和自己一样。这些长脚想干什么——尝试引发另一场裂地吼吗?怪叫笼吼声不断,把所有其他的声音都压了下去。而湿土的气味和泥土里蠕动着的昆虫散发出的气味也把所有其他的气味都遮盖住了。拉奇发现除了怪叫笼搞出来的一片狼藉之外,自己什么都无法探测到。

"回去吧,"他大声说,"在这里我们都快变成聋子、瞎子了!"

"好!"特维奇喊道。已经往后缩的达特更是没有异议。

忽然,就好像有朵云彩遮住了太阳狗似的,阳光消失了。被周围噪声吵得有些发蒙的拉奇愣了一下,才反应过来:是阴影,是——

他猛一转身,只见一个长脚从他身后接近!

拉奇惊得颈毛夯起,拼命大叫起来。不过那个长脚并没有停下脚步。达特和特维奇听到拉奇的叫声也都汪汪叫着,嘴唇翻开露出牙齿。但是围过来的不止一个长脚,几个长脚从不同方向包抄过来,他们脸上戴着漆黑的罩子,看不到眼睛、鼻子和嘴巴。所有长脚都穿着那种黄色的、发光的衣服。

更糟的是，他们手里还拿着一根可怕的金属棍子。

拉奇他们吓得浑身哆嗦，三只狗色厉内荏的吼叫丝毫未能阻挡长脚的步伐。

"咬他们！"达特尖叫说，"上！"

"不行，不能那么干！"拉奇疯狂地叫着。

"他们有棍子！有棍子啊！"

"如果我们咬他们，他们就会用棍子对付我们！"拉奇努力装出一副自信的语气说。可是那些长脚很可能二话不说直接上棍子！

危急时刻，忽然一声厉吼破空而至，声音比远处那个怪叫笼还大。这一下长脚们终于停住了脚步，警惕地抬头张望。那个冰冷的吼叫透着死亡的威胁。尽管长脚们穿着厚厚的黄衣服，但拉奇仍然嗅到了他们散发出的恐惧气味。他全身如遭电击，激动得不能自已。他知道自己不用再害怕什么——自己的首领来了……

周围的一切都静止了；即便怪叫笼也陷入了沉寂。几片落叶随风飘来，在一个长脚的面具上擦过。号叫声再次响起，激荡起四周神秘的回声。长脚们惊慌失措地四处张望。其中一个更是惶恐不安地叫了起来。眼看所有的长脚都被号叫声吓蒙了，这是唯一的机会……

"快跑！"拉奇大叫。

三只狗从惊呆了的长脚们身边飞快掠过，头也不回地冲入树林。拉奇听到长脚们在叫喊，但不用看也知道他们绝不会追到树林里——那两声恐怖的吼叫让他们不敢贸然行事。钻进树林后，三只狗放慢速度。拉奇喘着粗气，心脏剧烈跳动。尚未从惊恐中缓过神来的达特也呼呼喘气。特维奇叫嚣说："阿尔法好样的，让他们尝尝厉害！"

拉奇也被首领的霸气折服，心里一万个赞同。他回过头，透过树叶间的缝隙张望，却没有看见首领的身影。不过，那些长脚们也不见了——尽管没有看见首领，却已被他的吼声吓退了。

穿过陌生的丛林，在返回营地的路上，刚才那股兴奋和崇拜之情渐渐消退。就在拉奇他们嗅到营地传来的气味时，忽然，他被一阵恐惧攫住了心神。

谁会想和一只性格残暴的狼狗为敌呢？精神正常的狗，脑袋被灌进多少水才会谋划欺骗阿尔法呢？

然而，这些正是拉奇正在做的事情。

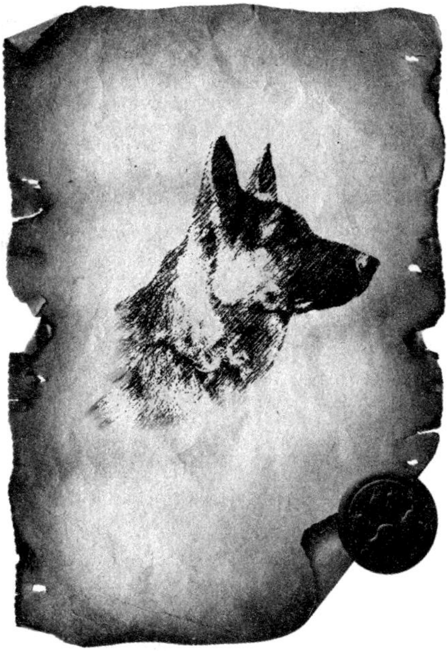

第十四章

三只狗走进营地时,首领的尾巴尖轻轻摆动着,那双黄色的眼睛似乎在拉奇身上停留了一下,他顿时觉得身上一寒。

难道这只狼狗已经察觉什么了?拉奇暗自寻思。刚才他的号叫是巧合,还是在有意搭救他们?

拉奇全身酸软,只想倒在睡铺上一觉睡到大天亮,不过他们现在必须向首领汇报情况。

"出什么事了?"首领声音沙哑地问。

达特上气不接下气地说:"我们发现长脚了,阿尔法。还有怪叫笼,是我见过最大的。"

"怪叫笼?"范俄里的声音响起。拉奇听不出这只健壮的狗是在害怕,还是跃跃欲试,想要去会会敌人。

"怪叫笼是一种会跑的房子。"达特解释说。拉奇看见特维奇飞快地瞥了一眼斯普林,显然,那只野外长大的狗并不知道什么是"房子"。"拉奇知道它是什么东西。"

阿尔法看向拉奇:"是吗?哦,我也知道怪叫笼,那是一种肮脏、危险的野兽。"

拉奇低眉顺眼地说:"阿尔法,我曾在城市里见过这些大怪叫笼。他们与普通的怪叫笼不同——能够把泥土掘起来当饭吃。而且，除此之外，还有别的东西——"

"什么？"首领的舌头在嘴巴外刮了一圈。

"我无法肯定。那种东西与其说是怪叫笼，倒不如说是一排巨大的牙齿，能够切入土地。"

"是的，阿尔法。"达特附和说，"而且那几个长脚也和我曾经见过的不一样。"

"我以前见过这些长脚。"拉奇低声说，"自从裂地吼事件之后，他们就在附近出现，数目很多。我觉得他们或许跟裂地吼有关。"

"他们穿着闪光的黄外皮。"特维奇心有余悸地说，"黑色的脸，没有眼睛——连嘴巴都没有！而且他们居然不害怕我们。他们拿着大棍子，还想捉住我们呢。"群狗们面面相觑、惊恐不安，欧米伽更是被吓得耳朵贴在脑门儿上。冒赤后退几步靠近范俄里，后者则颈毛竖立，喉咙里发出低吼。

达特上前几步，"汪"了一声，说："可是他们害怕你啊，阿尔法。"

"那是自然。"狼狗说，"不过你们逃得对。没事不许靠近那些长脚。你们能发现这个情况，非常好，可是……"他的头缓缓转向拉奇，"你们居然差点儿被捉住，也太不小心了。下不为例。"

拉奇瞅了眼斯维特，见她站在首领身旁，目光里也含有责备之意。没有看到自己期盼中的善意，拉奇把头沉得更低：

"遵命，阿尔法。"

狼狗张大嘴巴打了个哈欠，露出白森森的牙齿。"这些长脚们一直在侵蚀着狼的领域，总想着霸占野外世界，蚕食土地，把植被丰茂、猎物富饶的丛林变成不毛之地。或许他们也想在这里来这一套。我们一定要保持警惕。"

"遵命，阿尔法。"

拉奇看着首领，尽管只是窥见了一点点狼的世界，但首领的话依然激起了他强烈的好奇心，希望能够了解狼的生活。他暗想，首领为什么要离开狼群，和狗厮混在一起？这是他选择的生活吗？还是他被狼群驱逐了出来？很可能那些狼们认为狼狗是弱小、低等的动物，不配和他们生活在一起。

不过他可不敢就此事去问首领，而是前腿跪下，耳朵向前伸展，说："虽然我不知道您如何得知我们遇到了麻烦，但您的吼声的确为我们创造了逃跑的机会。非常感谢。"达特和特维奇也目视首领，弯腰鞠躬。

首领沉吟不语，冷冷地看着拉奇，尾巴仍然轻轻拍打着地面。

然后他倨傲地移开目光。"你是说那件事？小事一桩，我只是张张嘴，就把他们吓退了。城市狗，首领可不是白当的。"站在拉奇身后的冒赤发出一声哂笑。

拉奇羞涩地站起来舒展了一下身子，抖了抖毛。傻瓜才会在这个时候顶撞首领呢。可是，难道这只狼狗接受他的感谢很费事吗？长脚的袭击把他吓坏了，这次能够幸免于难，令他对首领非常感激。所以他表现得彬彬有礼——甚至称得上谦卑。可是,首领回应他的却是傲慢。

拉奇觉得自己就像个白痴。他不可能赢的。首领的傲慢消磨掉了他的耐心,令他时刻有种被边缘化的感觉。哪怕"群啸"对他的吸引力再大,他也不能像眼下这般活着。

首领再次闭上眼睛,懒懒地趴在石台上,似乎完全没有了继续交谈的兴趣。显然,这次觐见到此结束;特维奇和达特已经开始到处宣扬他们和长脚的可怕遭遇,以及那个恐怖的怪叫笼了。

"我说它有多大你都不会相信!"

"还有那噪音。"达特猛烈地摇头说,"比你们听到过的所有声音都恐怖!"

大家激烈地讨论着他们面临的新威胁,声音一浪高过一浪,就像小时候打闹一样热闹。

"怪叫笼能造成什么破坏呀?"

"长脚真的坐在怪叫笼的肚子里吗?"

拉奇知道这些问题很快便会堆到自己面前。因为不喜欢成为关注焦点,于是他走到一棵桦树下晒太阳。

记住现在的感受,拉奇——你永远都不属于这个团队!

从现在开始,他必须利用好手里的每一分钟。巡逻的任务固然不错,但是太过安逸,令他有些乐不思蜀,差点儿忘记了自己的使命。要想接近首领,刺探出更多的情报,他必须晋升至狩猎队。

看着四周狗群的生活，拉奇把头伏在爪子上，叹了口气。特维奇懒洋洋地躺在草坪上晒太阳，达特去探望穆恩母子，在小崽们身上嗅来嗅去，十分温馨。幼崽们的眼睛现在已经能完全睁开了。最大的幼崽踩着妹妹，跌跌撞撞地爬到地上。穆恩耐心地将他扶起。

"当心，斯科姆。"穆恩说。那只母幼崽摇摇晃晃地站起来，又一跤跌在达特的爪子上。达特温柔地用鼻子顶了顶她。四爪朝天，躺在冒赤身边的范俄里，懒洋洋地吩咐了欧米伽几句，欧米伽乖乖地遵命办理去了。

这一刻，群体生活显得是那样安静祥和、井然有序。每一只狗都各司其职。这种模式或许是这个狗群的最佳状态，却并不为拉奇所乐见。他必须得到晋升，唯此才有可能获取首领的信任，然后才能说服他，令他相信那些拴绳狗们不值得重视。他可没有时间按部就班地慢慢来，等待某只狗被驱逐出团队后给他腾出位子。想到这里，他打了个激灵：*在这里待得时间过长，可能真的会被同化掉，认为自己是这个团队的一分子。*

他需要做点什么，而且要快。眼下只有一种方法能够改变他的地位，那就是挑战其他狗，打败他，夺取他的位子。

拉奇用力吞咽了口唾沫。该挑战哪只狗呢？

范俄里迈着步子走向穆恩的巢穴，拉奇紧随其后，暗自打量对方。范俄里长得非常健壮，一块块肌肉鼓囊囊地显露着。想打败他简直是痴心妄想。

*冒赤呢？*拉奇竖立起一只耳朵，绞尽脑汁地权衡。他觉得

自己能击败冒赤……只是那只长耳朵大黑狗一开始就很讨厌他，若是被挑战，他肯定豁出命来也要赢，他不可能让自己轻易地被一只"城市狗"打败。到时候只要能赢，拉奇不介意用点卑鄙手段。但现在他需要找一只好对付的狗。

空地对面，棕白色相间的斯耐普正躺在睡铺上，肚皮朝上，暖洋洋地晒太阳。拉奇记起来了，她是一名猎手，地位还在冒赤之上，但是她不像冒赤那样憎恶自己，因此打起架来不会太拼命，即使被她打败了，也不用担心会有生命危险。

而且，她的个头比拉奇还小……

不行，总这么瞻前顾后，永远成不了事。 想到这里，拉奇站起身，小心翼翼地舒展了一下身子，爪子用力抓紧土地以检查身上的肌肉。确定没有哪块肌肉疼痛后，他抖了抖毛，然后坚定地朝斯维特走去。

"拉奇，有什么事吗？"斯维特嗅了嗅他，问。

拉奇微微低头以示尊敬："贝塔，我想要一场挑战。"

斯维特坐起身来，优雅地抬起一条修长的后腿，在耳朵上挠了挠，然后坐直，上下打量拉奇，干脆地说："可以，你想挑战谁？"

"斯耐普。"拉奇告诉她。

斯维特的眼睛里闪过一抹好笑的神情。

"祝你好运。"她忽然大笑说，然后站起身，高声宣布："伙伴们！我宣布一件事情。"

群狗顿时安静下来，好奇地看着她，耳朵竖立着，尾巴期待地拍打着地面。

"城市狗拉奇将挑战猎手斯耐普。"斯维特言简意赅地说。

斯耐普吃惊地坐直身子,问:"他要挑战我?"

拉奇从斯维特身旁走上前,向斯耐普点头致意。

斯耐普"汪"了一声,说:"新来的,你很性急啊。"

我表现得有这么明显吗?拉奇郁闷地想。然后他听到冒赤嘲笑说:"城市狗肯定活腻了。"

拉奇没有理他,而是对斯耐普直截了当地说:"我想要提升在团队里的地位,就从现在开始。"

斯耐普轻声说:"尽管你有点自不量力,但每只狗都有尝试的自由。"

拉奇回过头朝首领望去,见他正饶有兴趣地看着这一幕。拉奇意识到,首领的地位远非群狗们所能撼动,他们之间看似激烈的争斗,在他看来都是小儿科。

"那就来吧。"斯耐普站到拉奇面前,后腿弯曲,肌肉如同上弦的箭一般绷紧,露出白森森的牙齿。

她的目光明亮而凌厉,拉奇心里忽然没了底气。不过现在想反悔已经晚了,况且,眼下这一关他也不能回避。于是,他翻开嘴唇,全身蓄势待发。

斯维特走上前说:"在开始之前,你们是否已经知道挑战的后果?如果拉奇获胜,他将取代斯耐普在狩猎队里的位子。"

拉奇说:"我知道。"斯耐普则吼叫说:"想打败我,没那么容易!"

"愿天狗保佑你们!"斯维特例行公事般地说,"愿你们公平决斗,愿比赛结果得到狗神们的支持。挑战结束后,我们仍然是伙伴。我们都将全力维护这个集体!"

拉奇看斯维特终于结束了滔滔不绝的演说,心想:*感谢狗神,她终于没什么可说的了。听她说这些,我比打仗还要紧张!*

"听我口令——"斯维特坐下来,轮流在两只狗身上盯了一会儿,说:"挑战开始!"

拉奇和斯耐普同时扑出,袭击对方的弱点:鼻子、耳朵还有眼睛。斯耐普动作很敏捷,耳朵前伸,尾巴后翘贴在背上,如炮弹般撞在拉奇身上。拉奇在地上滚了几滚,猜出对方想速战速决的意图。但拉奇哪能让斯耐普得逞?他快速站起,和斯耐普兜起了圈子。

斯耐普也站直了身子,面对狡猾的对手,变得沉稳了许多。拉奇仗着自己个头大,腿上用力一跳,从斯耐普上方跃过,张口便咬她的尾巴。

"斯耐普,小心城市狗的下流招数!"冒赤大声提醒。

斯耐普异常灵活,尖叫一声,在拉奇下方翻过身子,对着他的肚子便咬了过去。拉奇急速避开,但仍被斯耐普的牙齿狠狠刮了一下。斯耐普打了个滚儿,向后跳开,随即又冲到拉奇的腹部下方,试图一口咬住。整个营地里群情激昂,大家纷纷大喊:"干得漂亮,斯耐普!"其中,范俄里的声音最为突出。

拉奇怒吼了一声,向前猛冲,将斯耐普撞开,然后后跳几步。斯耐普的优势很明显,速度超快而且嘴巴张合有力,比拉我知道。

想打败我,没门儿!

在开始之前,你们是否已经知道挑战的后果?如果拉奇获胜,他将取代斯耐普在狩猎队里的位子。

挑战——开始!

拉奇仗着自己个头大,腿上用力一跳,从斯耐普上方跃过,张口便咬她的尾巴。

斯耐普,小心城市狗的下流招数!

斯耐普打了个滚儿,向后跳开,随即又冲到拉奇的腹部下方,试图一口咬住。

奇当初料想的厉害许多——不过有一点他猜对了，就是对方没有冒赤暴虐。

她打架仅仅是为了获胜，而不是残害对手。

即使如此，拉奇知道一旦被斯耐普咬中，也够自己受的。

他吼叫着朝一旁闪开，眼睛死死盯着对手。这样一来，就算斯耐普发动突袭，他也能及时躲开，紧接着冲上前死死咬住她的颈后，猛的一阵甩动。斯耐普好不容易挣脱开来，大口喘气。一个奶声奶气的尖叫声从幼崽那里传来："妈妈，他好快啊！"穆恩赞同地汪汪叫了两声。

"城市狗，还不认输吗？"斯耐普恢复了正常呼吸，狞笑道，"你的四肢很发达，但头脑太简单。"

"结果了他！"冒赤再次叫嚣说，仿佛在场上打斗的不是斯耐普，而是他似的。

拉奇狠狠盯着斯耐普，口水从嘴里滴落。对方的速度如同闪电，刚才厮打中竟然被她咬中了后腿。拉奇在城市里从没见过这种动作，腿上的疼痛阵阵钻心。拉奇尖叫着——一半出于愤怒，一半出于疼痛——扭身咬住了斯耐普的耳朵。斯耐普用力往回缩，但拉奇死不松口，反而将她扑倒在地。

"斯耐普，别被他打败了！"拉奇听到范俄里的吼声。

"快放开我！"斯耐普尖叫连连，鲜血从耳朵处流出，"放开我！"

"放开她。"斯维特命令说。拉奇不情愿地松开口。虽然冲着斯耐普柔软的耳朵下口有点不地道，可谁让他是只城市狗呢——反正大家也都这么看待他——只要能赢，他不在乎。他的荣誉感可能已经被地狗夺走了！

群狗吵吵着给他们两个乱出主意，也不管有用没用。拉奇听见范俄里叫着说："别讲规矩了！斯耐普，不要再中了他的损招。"

"拉奇，撵上她，不要停下。"特维奇大声呐喊。拉奇的耳朵愤懑地抽动了两下——还用你出主意，我这不是正在做嘛。

还有一些狗，仅仅是用自己的尖叫声来支持拉奇或斯耐普——不过支持斯耐普的占多数。他飞快扫了一眼，发现没有参与进来的只有欧米伽。

小狗欧米伽眯缝着眼睛，对眼前激烈的场面恍若无睹。

拉奇背转对手，感觉一阵疲劳感袭来。他必须尽快结束战斗。

就在斯耐普再次露出牙齿的时候，拉奇已经准备就绪；他不想再被那些白森森的牙齿咬住，他必须诱敌深入。这一次，当斯耐普跳过来的时候，拉奇没有闪躲，而是任由对方抓住了自己的肩头，随即扭头咬住他刚才咬中的同一只耳朵。斯耐普发出一声惨叫，但拉奇没有给她向斯维特求援的机会，而是跳上她的背部，用前爪压住对方的咽喉。斯耐普又是踢又是抓，却根本触不到拉奇的腹部。

拉奇一边噙着斯耐普的耳朵，一边吼道："投降吧！"

斯耐普痛苦地狂叫着，拉奇松开她的耳朵，但紧接着咬住喉咙，用力摇晃说："投降吧！"

不一会儿,斯耐普的身体便瘫软了,四肢高举叫道:"我投降!"

整个空地忽然陷入沉寂,在一双双目光的注视下,拉奇放开斯耐普,向后站开。斯耐普打个滚儿,挣扎着站起来,气愤地抖了抖身上的灰土。经过刚才的争斗,两只狗都气喘吁吁,上气不接下气。

此时,一个巨大的身影出现在群狗当中——除了吃饭、睡觉还有战斗,拉奇还是首次看见首领从石台上下来。拉奇警惕地看着他,见他坐到斯维特身旁,目光在自己和斯耐普之间来回扫动。

"作为一只城市狗,你的表现很精彩。"首领说,"斯耐普,从现在开始,你降一级,拉奇取代你在狩猎队的位置。"

拉奇看向对手,只见斯耐普面无表情,那一刻,他以为对方会扑过来,于是暗暗戒备。却见斯耐普目光冰冷,深深地看了他一眼,忽然低头,语气干涩地说:"首领,我将会向他请教一些城市狗的招数。拉奇,恭喜你。"

拉奇如释重负,胜利的喜悦随即充满了心田。他耷拉着舌头,高兴地咧着嘴,低头接受对方的认输:"我很乐意教你。你也要教教我,让我跟你一样敏捷。"

"就这么定了。"斯耐普也高兴地咧着嘴。

"你们两个的表现都很出色。现在,你们可以停止相互恭维了。"首领呵斥说,"至于其他成员,本来拉奇顶替的是穆恩在巡逻队的位子,但他现在成了猎手。冒赤!"

冒赤吃了一惊，上前说："在，首领。"

"你现在降级了。"首领出乎意料地说，"今晚开始，你和达特、特维奇一起巡逻。"

"什么？"冒赤大吃一惊，立刻被怒火冲昏了头脑，"首领，这不公平！该降级的是斯普林，她的级位比我低！"

拉奇听到特维奇的妹妹怒哼了一声，却始终保持着低头的姿势。相比冒赤，斯普林明智得多，知道自己不能够在首领面前发生争吵。

"那是过去的事了。"首领吼道，"贝塔，给他点教训，让他明白我的决定不容置疑。"

斯维特跳上前在冒赤的鼻子上狠狠咬了一口，顿时血花四溅。冒赤坐着一动不动，目光里充满了痛苦。接着，斯维特又用爪子给他狠狠来了一记。

"就连穆恩的孩子富兹都明白这个道理。"她凶巴巴地说，"所以我希望你也能明白。清楚了没有？"

"清楚了，贝塔。"冒赤哀叫说。

"你并不是我手下最优秀的猎手。"首领隐含威胁地说，"所以放聪明点。想要爬得更高，就要加倍付出努力，而不是对其他狗耍威风。"

拉奇已经从刚才的战斗中缓过气来了，但营地内的紧张气氛仍然令他胸口起伏不定。*我只想让自己地位提升一点，现在这个局面可不是我的初衷啊。*

"我会关注他在巡逻队的表现。"斯维特说，"冒赤，别哭丧着脸。当初你企图取代斯耐普的进食位置时,就应该知道这一天会到来。认真吸取教训,这对你的将来有好处。"

首领和斯维特走回到石台时,冒赤一直在颤抖,拉奇知道他并非仅仅出于恐惧。他敢说,冒赤肯定会暗地里冲他下手。

果然,冒赤对着拉奇的耳朵说:"这全都拜你所赐。城市狗,当心落到我的手里。"

拉奇看着他爬着离开,忽然庆幸自己挑战的不是他。*若刚才的对手是他,我就惨了……*

他没有时间理会冒赤的敌意,因为团队的其他成员已经围了上来——甚至包括斯耐普——个个摇头摆尾,冲着他又是叫又是舔,纷纷祝贺他的提升,别提那股亲热劲了。

特维奇说:"你的确当之无愧。刚才的挑战太精彩了。"拉奇注意到穆恩和范俄里不以为然地相互瞅了一眼——难道他们认为他使用了卑鄙动作吗?——可没等他多加思索,特维奇和斯普林便挡住了他的视线。

拉奇也热情地加以回礼,心里却跟明镜似的,知道他们是害怕自己将来挑战他们。

他们并不敢把自己的后背交给伙伴,拉奇心想,*一个个都在打各自的算盘*。与拴绳狗们不同,将这些狗维系在一起的不是温情,而是弱肉强食。在生存面前,忠诚也要让步。

发现这一点,令拉奇既沮丧又困惑。他想:这种钩心斗角的生活很讨厌。可是,难道这样才能更好地活下去吗?

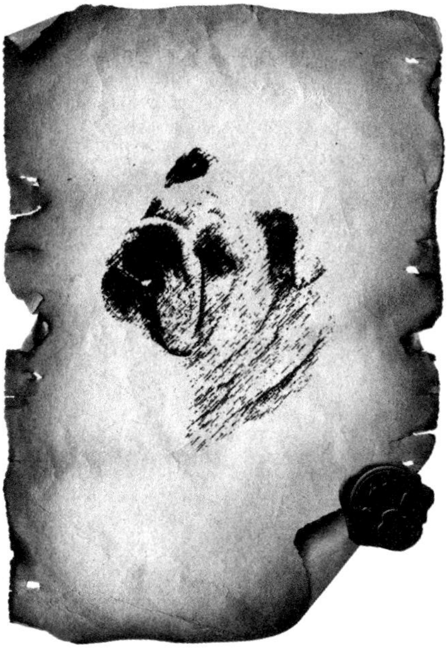

第十五章

"拉奇，巡逻队的巢穴又湿又冷，你以后不用在这里睡觉了。"斯普林转身冲他眨眼说。

见大家的目光都盯着自己，拉奇觉得浑身发烫。他乖乖地从睡铺上爬起，跟着斯普林和斯耐普来到狩猎队的巢穴。果然，狩猎队睡坑的深度有所增加，里面塞满了苔藓和朽木，上面还覆盖着厚厚的树叶，树叶是干燥的，叶片也更大，躺上去非常软和。狩猎队的待遇的确比巡逻队好上许多。

睡觉前例行转圈时，拉奇暗暗向森林狗祷告，祈求他保佑自己的计谋得逞。或许太阳狗和月亮狗会不赞同他对冒赤耍阴谋——甚至天狗们可能也不喜欢——但他希望至少森林狗能够赞赏他的勇气，他的狡猾，以及由此带来的地位提升。拉奇一直认为，在发生裂地吼的那天晚上，他之所以能够在灌木丛中穿行时疾驰如风是因为得到了森林狗的护佑，因此森林狗的赞赏会令他感觉很温暖。

不过，当他躺下嗅到冒赤的气味时，这种温暖的感觉便立刻减弱了，随之而起的是一阵愧疚。然而拉奇并没有多想，虽然他不得已对他们有所欺骗，但做的这些事情却都是在遵守团队规则的前提下进行的——换做冒赤，肯定也会这么做。想要争回地位，那就来打一架好了，拉奇暗想。

睡在旁边的范俄里嘴里咕哝着，鼾声响起。经过这次挑战，虽然范俄里没有变得更友好，但至少双方也不是敌对关系。而睡在他另一侧的斯耐普和斯普林已经热情地欢迎他加入狩猎队。

斯耐普曾说过："我们可以用你那几招来捕猎。"斯普林也摇着尾巴赞同说："你的随机应变也能派上用场。"斯耐普的气量令拉奇很是叹服。团队中其他成员——巡逻狗们和卑微的小欧米伽——已经对他敬畏有加，不过让他感到高兴的是，他和特维奇的友谊看样子并没有因此而出现裂痕。

他忽然想起一件事情，顿时大惊失色。离开巡逻队之后他不可能再偷偷溜出去和贝拉会面了……拉奇感到内心如焚——地位的提升令他头脑膨胀，没来得及考虑到由此带来的不利。竖起双耳，拉奇趴在前爪上仰头看星星。距离上次与贝拉会面已经过去几个晚上了？对于拴绳狗们现在的境况他现在两眼一抹黑。

他们现在应该找到干净的水源了。如果贝拉为了通知他任务完成，已经可以返回，于是每天晚上都去等候他，而他却不能得到消息，那可怎么办？难道他真的要被困在这里，困一辈子吗？

不过，留在这里真的就是一件坏事吗？

他深深叹了口气。湛蓝的夜空中，群星如明亮石般一闪一闪。拉奇能够辨认出所有的星图：野兔子，狼和幼崽，参天大树，奔跑的松鼠。一切图案仿佛都在上空旋转。拉奇看呀看呀，直到眼皮渐渐垂下，睡意侵入脑海。

朦朦胧胧中，树林中乌鸦呱呱的叫声侵入梦境，拉奇立刻醒了过来。范俄里鼾声如雷，斯耐普和斯普林也在沉睡，胸部随着呼吸有节奏地起伏。

在他的记忆里，乌鸦从来都不是夜间活动啊。不过，这倒提醒了他，借着夜色，他正好去见贝拉，看看自己是不是不用继续在欺骗中度日了。此时，月亮狗已经爬上了天空。

心脏怦怦跳着，拉奇起身，悄然离开熟睡的同伴们。其间范俄里的腿抽动了两下，吓得他连大气都不敢出一口。过了一会儿，随着鼾声再次响起，他这才知道范俄里是在做梦。

小心翼翼地踩着柔软的树叶，拉奇一步一步地挪出狩猎者的巢穴。根据月亮狗所处的高度和大树星图的方位，他断定现在站岗的是达特，严密把守着营地的进出口。

他必须悄无声息地躲在灌木丛下，等达特巡逻过去后，方可穿过空地溜出营地。出了营地，他就能轻易到达那个长脚营地。在月亮狗回去睡觉之前，他有大把的时间去做事情。

脚下的枯枝咔嚓响了一声，拉奇的心脏几乎停跳。不过，这声响没有引起任何动静，于是他每一步都轻提轻放，生怕吵醒别的狗。想要悄无声息可不容易，他必须匍匐前进，不能挂到树枝。终于，他钻出了灌木丛，可以站起身来奔跑了。

经过刚才紧张的匍匐，撒开四腿奔跑的感觉简直是种享受。拉奇呼吸着夜晚的空气，奔进树林，穿过草坪。头上是闪烁的星星，脚下是坚实的大地，四周飘散着森林的气息：太完美了。这就是他的追求——自由，快乐。既不受监视，也没有谁期盼他的帮助。这就是独行！

"呱——呱！"

那只乌鸦又叫了！现在他想起来了，以前在旅程中曾见过它。所以，他越发相信这是森林狗派它传信来了。

希望是好消息啊。

来到长脚营地，原本快乐的心情顿时荡然无存。他的步子越来越慢，最后停了下来。

啊，天狗，这可怎么办才好啊？

他站在一张翻倒的桌子旁，仔细嗅闻空气。尽管空气中混杂着朽木和腐肉的气味，但他能肯定贝拉并没有来。这一趟他算是白跑了。

可是他为什么反倒感觉轻松下来了呢？

拉奇几乎想扭头就走了。既然贝拉今晚没有来，那就不是他的错了。接下来的一天算是拖了过去，不用做背叛的事。

就在他将要转身离去的时候，忽然，一个白色身影从他的视线中闪过。他迟疑地往回看去，只见两个熟悉的小身影正兴冲冲地从另一张桌子下钻出来。

"拉奇！"阳光的叫声比以前矜持多了。

"是阳光，还有戴兹！"虽然有些不安，但这两只拴绳狗的到来仍然令他感到一阵温暖。他低头舔了舔他们的脸庞，两

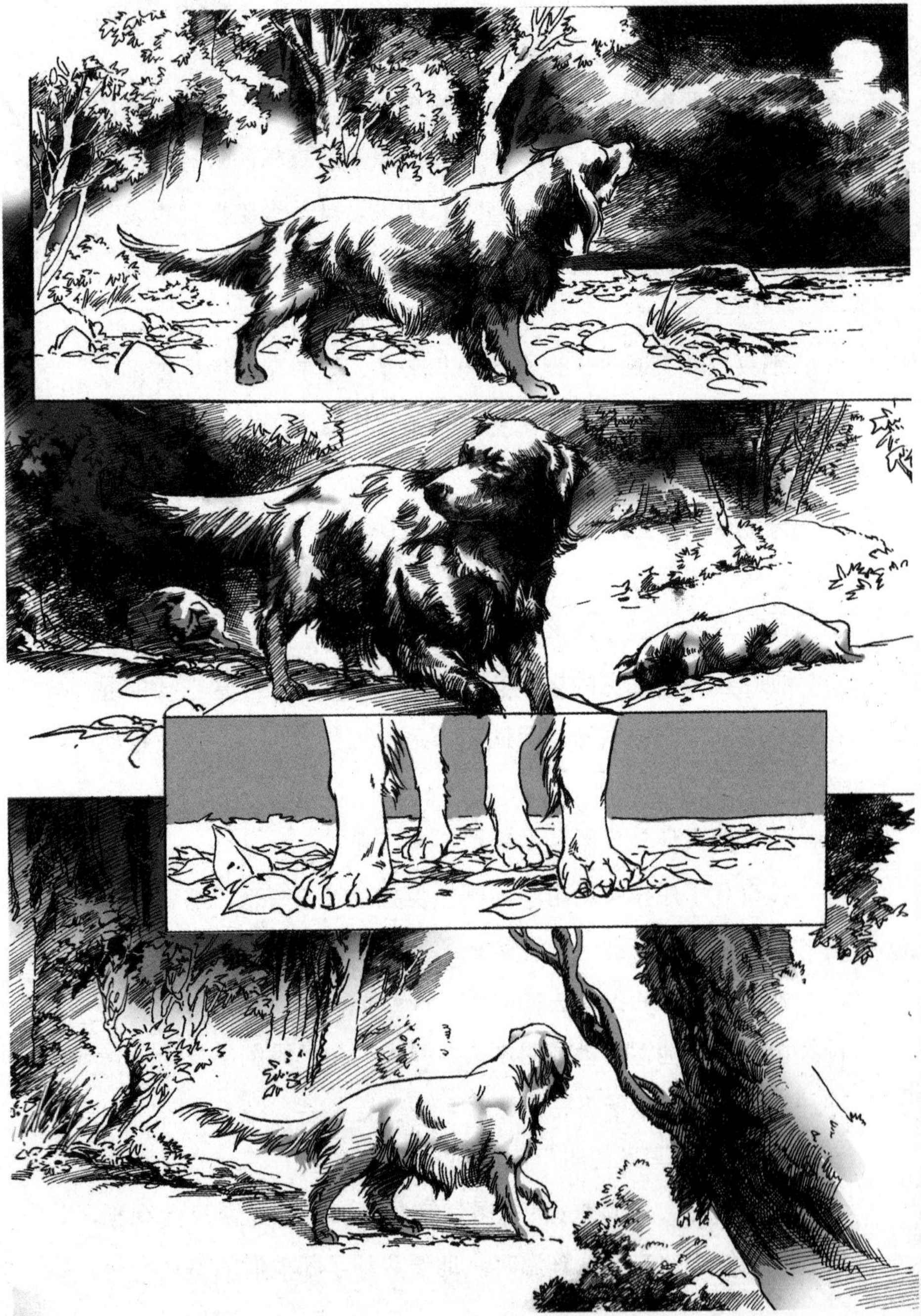

咔嚓！

只小狗也跳起来回应。接着拉奇一阵紧张，问："贝拉在哪儿？出什么事了吗？"

"没有，什么事都没有。"阳光兴奋地顶了顶拉奇的鼻子。"贝拉很好，是她派我们来见你的。"

戴兹插言说："她要去执行一项特殊的任务，所以就派我们代她来见你了！"一副自豪的样子挂在脸上。

拉奇若有所思地问："她现在怎么样？"他之所以这么问，是因为贝拉办事从来都讲究亲自动手，不是万不得已，不会让别的狗来见他的。

戴兹说："贝拉在筹划一个大计划。我们必须信任她呀！"

拉奇不以为然地摇了摇头——贝拉现在的这个"大计划"带来的麻烦已经够多了——不过，看着两只小狗的样子，倒是有股压抑不住的兴奋劲儿。不管怎样，自己现在还在当内奸呢，管不了那么多事情了。无论那个"大计划"是个什么，这回都只能靠贝拉自行处置。

"好吧。接下来我把我看到的事情告诉你们。"拉奇舔了舔嘴巴，"除了贝拉，你们对谁都不能泄露出去，记住了吗？"

戴兹急切地说："放心吧，打死我们也不乱说。"

眼下似乎也没有更好的选择。向这两只菜鸟汇报情报本来就有点怪异，特别是他最近受到野狗群严格纪律的熏陶，更是觉得不可思议。想归想，他还是仔细地把最近获得的消息给他们说了一遍，包括那次和黄皮长脚们的遭遇，向斯耐普发出的挑战，以及地位的晋升等等。

"可是……这些太奇怪了。"阳光害怕地说,"在那个群体里,你是不是总打个不停啊?"

拉奇不大自然地说:"也不总是啦。只不过……当我们想要提升地位的时候,总要打一打的嘛。"他觉得这个话题对于这些性格温和的狗来说,显得有点难以接受。

不过戴兹倒是高兴地说:"哈,拉奇!你真勇敢!"接着又尖叫了一声,"而且还那么机智!"

阳光也一脸崇拜的样子,刚才的一点担忧早就被抛到脑后:"现在你就能刺探到敌人更多的情报了!"

"是的……"拉奇发觉自己不喜欢用"敌人"这个称呼。野狗群并不像是他的"敌人"——起码大多数成员不是。而且敌人也罢,团队也好,都不是他想要的。

"我们会讲给贝拉听。"戴兹叫着说,"你的故事会让她感到非常非常自豪!"

拉奇避而不谈,问:"布鲁诺好吗?还有玛莎?"

阳光的黑眼睛转向别处,仿佛周围忽然出现了世界上最有趣的东西。戴兹则坐在地上,用爪子认真地挠肚皮。

"他们有所好转,不过性急不得。玛莎腿上的伤真的很重,非常重。"

"布鲁诺也不太好。"阳光说,"拉奇,幸亏你及时救起了他,否则他可能被淹死了!"

拉奇茫然地说:"他们现在应该康复了呀。特别是玛莎……"

"哦,她的腿中毒了,或许是游泳时中的毒!她在恢复,只是时间可能比我们原先预料的要长一些。"

见阳光仍在躲闪着自己的目光,拉奇有些焦虑不安。伤口有毒?一般情况下,玛莎舔一舔就好了,难道是中毒太深了?而且布鲁诺……

"拉奇,他们会好起来的。别担心啦。"

阳光说话时语气有些干巴巴的,这和她讲话一贯夸张的作风并不吻合。所以拉奇一听就知道她在骗自己——可是为什么呢?难道实际情况比她们说的还要更糟糕吗?看样子只有一个解释:她们不想让自己听到噩耗。

玛莎,布鲁诺,我们历经千辛万苦一路走来,你们一定不要有事啊。

现在还有时间回去探望他们吗?月亮狗已将开始往下落了,夜晚就要结束。不过或许……

"带我回营地。"他说,"我有话要当面对贝拉说。或许我能够帮帮玛莎和布鲁诺。"

"她还在执行任务啊。"戴兹舌头耷拉着,尖叫说,"而且太阳狗就要爬上来了。"

拉奇点了点头。他必须要回去了。

看来我只能相信阳光和戴兹的话了。

于是他说:"既然这样,趁着那些狗还没醒,我只能回去了。"说着,他温柔地舔了舔戴兹的耳朵,"回头我教你们一些很棒的捕猎技巧。大家再也不用担心饿肚子了。"

"拉奇，你就是一位良师呀。"戴兹说。

"拉奇，很高兴能见到你！"阳光郑重其事地说，"我们都很想念你。特别是我和戴兹。"

"所以我们才自告奋勇来见你嘛。"戴兹细声细气地赞同说。

"我也想你们。"拉奇舔着他们的脑袋说，"不过这种日子不会太长了。我会尽快回来的。"*希望如此吧。*

和两个小伙伴告别后，拉奇忧心忡忡地走进丛林。

地狗啊，我们已经失去了阿尔菲，千万别再让布鲁诺和玛莎出事了。

拉奇心里很乱，几乎无法注意周围的声音。就算一些小动物窸窸窣窣地在灌木下活动，他也没有听到。忽然，一个大黑影穿过树丛，拉奇猛然从思绪中惊醒。

*是长脚吗？*他的心脏怦怦直跳。

不，长脚的个头不会这么小。拉奇停下脚步，耳朵竖立着，发出一声低吼。

或许是夜晚出来捕猎的小狐狸吧。只要它们没有成群结队，拉奇就没什么好担心的……

但是，那个黑影正穿过浓密的灌木丛越爬越近，搞出了很大的响动。依照狐狸那种谨慎的性格，根本不会这么做。意识到这一点，拉奇紧张万分，"汪"了一声，向对方示威。

这时，一张胖胖的、丑陋的小脸从树叶间钻了出来。虽然那不是狐狸的脸，但一双黑眼睛闪着狡黠的光，丝毫不比狐狸逊色。

"是你？欧米伽？"拉奇大惊失色，"你怎么会来这里？"

"这个问题应该由我来问你。"欧米伽的语气很硬，"你好像不再是巡逻队的成员了。是吗，拉奇？"

"我……我……"

"你不需要做任何解释。"欧米伽说，"我看见你偷偷溜出营地了。"

拉奇觉得自己的心脏几乎停止了跳动，看着欧米伽得意扬扬的样子，直觉告诉他，无论被谁发现，都比被欧米伽发现要好得多。

"我只是想独自出来透透气。"

"是吗？"欧米伽的目光里没有一丝善意，"如果你需要独处，为什么还要去和拴绳狗们会面呢？"

拉奇下意识地回头看了看，随即发觉自己的这个动作恰恰印证了欧米伽的怀疑。他惊慌失措地说："我没有——"

"撒谎，你这个骗子！和那两只毛茸茸的小狗会面很开心吧？还舔来舔去的！真恶心！"

他真的发现了。

欧米伽的声音里透着得意地说："你是那个团队派来的奸细。我从一开始就估计到了。"

不！拉奇心想，这不可能！

但是，以前种种不经意的疑虑此时豁然开朗起来。当初他和贝拉商量这个计划时嗅到的气味……还有那些不明来历的爪印。难道是欧米伽,被大家忽略的欧米伽一直躲在暗处?

"你在跟踪我!"拉奇大声喊道,但立刻知道这听上去有多愚蠢。

"我没有跟踪。"欧米伽嗤之以鼻地说。

拉奇没有说话,也不知说什么。此时连他都不知道自己心里哪种情绪更多一些:恐惧,还是羞耻。

"我在暴风雨中迷失了。"欧米伽继续说,"那晚的雨很猛烈,我还以为河狗要吞没整个世界。我迷路了,想躲起来等雨停。算你倒霉,我躲藏的地方恰巧就在你和你那个朋友附近。"

"倒霉。"拉奇黯然地重复了一句。

"是的,真倒霉。嗯,你也可以说,是天狗们让我遇见你们的。"

这不奇怪,拉奇心想,天狗们可能压根不赞成我所做的事情……"你要向大家揭发我吗?"

他心里盘算着如何能够快速和贝拉的团队从这里撤离,而且走多远才能够摆脱首领的威胁。

"其实,我现在还没有决定。"欧米伽坐下来,心满意足地挠着耳朵,"这主要取决于你。"

拉奇还以为自己的心已经沉到了谷底,可是他错了,欧米伽的话令他的心如同一颗大石头砸入平静的水面,顿时涌起滔天大浪。

"你这话什么意思?"

"如果你能够帮助我,我也会帮助你。"欧米伽嘿嘿一笑,"哦,至少我不会把你害死。我不想一辈子当欧米伽。而且我不叫欧米伽;我的名字叫怀恩。"

拉奇咽了口唾沫。尽管内心惶恐,但他明白这只小狗的感受。对方迫切想恢复自己本来的名字,因为"欧米伽"这个称呼带着强烈的歧视。拉奇自己也跟着大家一起叫他"欧米伽",而从来没有想过问他真正的名字。想到这里,他觉得非常惭愧。于是他说:"换成是我,也不会喜欢的。"

"我想在团队里得到一个合适的位子。"欧米伽前后踱步,舔着嘴巴说。他的脸长得就像一颗烂柿子,奇丑无比,口水还沿着嘴角往下淌。"我当欧米伽当腻了,每天不是这个使唤,就是那个吩咐!而且连吃饱是什么滋味都不知道,因为从来没有谁给我剩下足够的食物!"

"我曾尝试——"

"尝试得不够努力。斯维特一喝止,你就退缩了。而且你怎么会把食物分给欧米伽呢?每一个团队都需要有欧米伽。我只是不想让这个角色落到我头上而已。"

拉奇回忆起野狗群里其他成员对待这只扁鼻子狗的方式:有时似乎根本不把他当成一只狗看。相比起来,他们对待他,还不如对待一只老鼠的态度好呢。

"你需要我做什么?"拉奇同情地问。他真的想帮助欧米伽,至于原因,倒不是他大发善心,而是他不能让这个丑陋、奸诈的坏蛋回去向首领告密。眼下没有别的办法,要么满足对方的要求,要么将他灭口。

而拉奇知道自己下不去手。

*这也是我永远不能融入团队生活的原因吧。看来我真不是当首领的那块料。*他闷闷不乐地想着。这可能有悖于他对狗武士精神的追求——毫无疑问，独行狗的生活以及他和拴绳狗之间的友谊对他的影响很深——不过，至少他知道自己永远不会堕落到杀狗的地步。

拉奇叹息说："可惜你没有和拴绳狗们在一起生活，不然你会快乐许多。在他们的团体里，不存在谁是欧米伽的问题。"

"我才不要当拴绳狗呢。"欧米伽不屑一顾地说，"我现在快熬出头了，你会帮我达成所愿的。"

"怀恩，我帮你。而且我估计自己也别无选择。"

"说对了。"怀恩傲慢地说。

"可是我仍不知道你打算让我帮你做什么。"

"像你这种曾在街道混过日子的老滑头，难道还猜不出吗？"怀恩懒洋洋地舔了舔爪子，"说句不自欺欺人的话，我做什么都不会被首领认可。不过，如果有别的狗犯了严重错误，或者干了什么很愚蠢或很危险的事情……"

"首领就会将他罢黜为欧米伽。"拉奇替他把话说完，心里一阵寒意涌起。

"没错。哈，你别害怕，我可没打算让你当那个替死鬼。那样你会杀了我的。"

*我不会杀你，*拉奇心想，*不过我倒很乐意你能一直保持这种误解。*

"你现在已经是猎手了,所以让你办这件事再合适不过。明天你带回猎物的时候,必须制造一个假象,让大家以为食物在分配之前被某只狗偷走了一些。众所周知,首领对这种事情深恶痛绝。"

"没错……"拉奇的心情糟透了。

"任何胆敢先于首领进食的狗都会被直接降为团队里的垫底货色。"

恐怕这还算最轻的处罚了,拉奇心想。

"你为什么不自己去做呢?"

"那还用说,因为有你替我做呗。听我说,你去做这件事风险要小许多。万一被当场抓住,你最多就是降级罢了,但你很快就能东山再起。你可以利用机会表现自己的聪明才智,或者,你还可以继续在贝塔那里施展魅力。像你这种狗,总是能够……"他嘿嘿笑了笑,"……走狗屎运。"说完,怀恩坐下来,尾巴甩来甩去,嘴角挂着一丝奸笑。

"不许侮辱我。"拉奇一时怒气上涌,什么都顾不得了。"别忘了,在这件事上,你有求于我!"

"你有求于我的更多。更确切地说,你需要我放你一马。"怀恩表现出一副吃定了拉奇的样子,"街头狗,你知道我没说大话。和我相比,你要付出的代价会更大。"

拉奇深吸了口气,努力压住自己的怒火。

"即使事情败露,你也可以东山再起。"怀恩继续说,"但若是换成我,首领怎么可能罢黜一只已经是最低级的狗呢?对他来说，直接杀了我更省事。"

拉奇知道怀恩说得没错。他没有别的选择。他不可能让欧米伽去告密，否则被杀死的就是自己了。尽管怀恩让他做的事比贝拉的计划更卑鄙、更无耻，但他不得不做这笔交易。拉奇从未像现在这样渴望过独行的生活，远离这些强加在身上的无耻要求。

我怎么会陷入这种困境呢？

事实上，抛开怀恩的奸诈不提，拉奇倒真的有些同情他。或许欧米伽是该换一只别的狗来当了——反正他们也会很快再次提升上去，而怀恩在更高的地位上尝到甜头之后，很可能会激发起他努力奋斗的精神。

"好吧。"拉奇最后说。

"我就知道你会答应的！"怀恩兴奋地两眼放光，尾巴用力地拍打着地面。但随即他似乎意识到自己有些失态，赶紧合拢咧开的嘴巴，说："多谢你了。我会看着你返回营地。你最好快些。"

说完，怀恩转身钻进灌木丛里不见了。拉奇舒了口气，但内心却无法平静。

他想把谁踢下去呢？如今拉奇在野狗群里也交了几位朋友。他怎么可能对朋友做这种事情呢？

但是我没有选择！

拉奇现在比任何时候都要坚决，一旦从这两个团队里脱身便再也不回来了。他要回去当一只街头狗，一只独行狗——

一只快乐生活的狗。

在这之前,他必须完成所有的欺骗。我做这些是为了布鲁诺和玛莎,他坚定地对自己说,我不能够因此而自甘堕落。我只是陷入了一个泥潭,想要解脱,就不得不这样。

现在到了关乎拉奇生死的时刻。

世界已经变了。他忽然想起森林狗在他耳边说的这句话,顿时浑身打了个激灵。

是的,世界已经变了。为了看到第二天的日出,拉奇需要不择手段地活下去。一旦达成目的,他就……彻底解脱了。

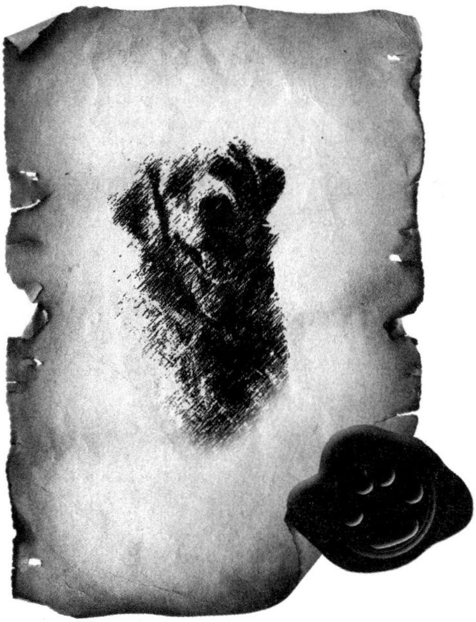

第十六章

第二天早上,拉奇看着巡逻队离开营地。现在他躺在狩猎队舒适的小巢里,紧靠着斯耐普温暖的后背。范俄里正站在清晨的阳光下伸懒腰,自得其乐地晃着尾巴。冒赤经过时,拉奇紧张地竖起耳朵。这只大黑狗瞅了他一眼,倒是没有公开显露敌意。

拉奇对自己的新角色感到很满意,如今再也不用被特维奇拽着去探查领地边界,也不用为穆恩和她的孩子们站岗放哨了。如果不是每次看到欧米伽都要装出若无其事的样子,他成为狩猎者后的第一天将会过得怡然自得。那只奴颜婢膝的狗看他的目光总是透着一股子诡异。*别再看啦!*拉奇心想,*你想让别的狗察觉到吗?*他无法肯定欧米伽是否能装出一副若无其事的样子。

太阳狗懒洋洋地从天上往下爬落,树木的影子被越拉越长。随着范俄里一声召唤,狩猎队集合完毕。新的角色,高一级的地位令拉奇兴奋异常;况且,一想到要去捕猎,他就热血澎湃。*出发喽!*他第一个站在范俄里旁边,然后斯耐普和斯普林也过来了。四只狗趾高气扬地跨出营地。

阳光依然温暖,太阳狗的金色光辉如碎银洒在湖面上。真是个不错的开始,拉奇心想,希望被太阳狗暴晒了一天后所有猎物都变得迟钝。这是他的第一次,一定要好好表现一番,向大家证明自己的晋升名副其实。

范俄里是一名优秀的领队。他并不对下属们的行动指手画脚,而是让他们发挥自己的长处。这和拉奇在贝拉的团队里时完全不一样,阳光连捉只虫子也得让他手把手教……

尽管范俄里并非聪明绝顶,但也是一名好猎手。范俄里、斯耐普和斯普林匍匐前进时如同一只狗的三只脚,而拉奇是第四只脚——这令他感到十分自豪。

"停!"他们快要到丛林边缘时,范俄里命令说。拉奇、斯耐普和斯普林停下脚步,全神戒备。范俄里仰脸嗅了嗅空气,一只爪子抬起,因为期待的心情而微微颤抖。斯耐普和斯普林耐心地在旁边看着,拉奇也有些激动。或许过一会儿他就有机会展示自己的本事了——他能够悄无声息地接近一只猎物,用嘴咬住它的脖子。

最后,范俄里回头看了他们一眼,点点头说:"今天早上特维奇报告说有几只鹿在附近出没。大家保持安静。"

拉奇和斯普林跟在范俄里身后,斯耐普则悄悄地溜向一侧,很快就消失在灌木丛里。拉奇嗅到一股麝香味,立刻意识到特维奇说得不假。他决心要好好表现一下,同时他也非常自信。*无论他们如何歧视我过去在城市里的生活,但捕猎就是我*

的强项。鹿行动起来很敏捷,兔子何尝不是?而且鹿的个头大,目标明显。

斯普林隐没在左侧的灌木丛里,于是追踪主线的只剩下了拉奇和范俄里。鹿的麝香味现在很浓。看到范俄里冲自己点了点头,拉奇立刻知道接下来要做什么——这就是集体行动的好处。根据学到的规则和技巧,拉奇从一旁迂回包抄,但始终与范俄里保持在视线范围内。

枝叶间透过一缕阳光,露出一块金黄色的皮毛;树叶和树枝在修长的蹄子下沙沙作响。拉奇数了数,一共有三只。那些鹿并没有察觉到危险的临近。拉奇站着一动不动。其中一只鹿抬头嗅了嗅空气,忽然露出了警觉的神色。

但它嗅到的不是拉奇的气味。那只鹿高高跳起,露出了一截白尾巴;另外两只鹿紧随其后。它们从对面斯普林处逃了过来——直奔拉奇。领头的鹿穿过树丛,后面两只也在慌乱中奔跑,但其中一只跑得稍慢,朝范俄里和拉奇之间插过来。

拉奇嗅到它的恐惧,立刻热血沸腾起来。他和范俄里同时跳起,扑向了误撞过来的那只鹿。拉奇咬住它的腹部,范俄里咬住它的喉咙,那只鹿轰然倒地,发出凄惨的尖叫。

拉奇不管它怎么挣扎,都死死咬住不松口。这时斯耐普和斯普林也赶了过来,压在猎物身上。随着时间的流逝,鹿的双眼渐渐失去了光芒,软软地倒在灌木丛下,四肢轻微地抽搐着。拉奇的心情好极了。这次的捕猎很成功。

直到猎物彻底断了气,范俄里这才松开口,虽然上气不接下气,但却一脸欢喜。

"干得漂亮,拉奇。"他说,"你们两个也不错,赶来得很及时。"

"阿尔法肯定很高兴。"斯耐普嚷嚷说。

"别放松。"范俄里呵斥说,"阿尔法会很高兴,但我们能做得更好。大家再接再厉!接下来去囊地鼠草坪那里。斯普林,你看着这只猎物。"

事实证明范俄里说得没错。正如拉奇预测的一样,今晚特别适合捕猎:天气温暖,小动物们都外出活动,但是风却很小,所以不用担心气味惊动猎物。一晚上,他们又捉了两只兔子和一只呼呼大睡的囊地鼠。就在返回的路上,斯耐普又发现了一只臭鼬。那只臭鼬逃进了一个兔子洞里,拉奇还以为没戏了,但斯耐普却钻进洞内追赶,等她灰头土脸地从洞里钻出时,嘴里竟然叼着那只臭鼬。

*她的身手真灵活!*拉奇羡慕地想,*钻到洞里抓住臭鼬,可不是谁都能做到的,而且也不是谁都有胆子……*

斯普林尽职尽责地看守着死鹿,见到他们满载而归,立刻迎了上来:"一切正常。有一只狐狸想打这只鹿的主意,不过被我赶走了!"

"很好。"范俄里说,"我就知道你靠得住,斯普林。现在咱们回去吧。小家伙们正在长身体,穆恩肯定饿了。"

他的声音里透着一股子自豪,拉奇能感觉到此刻他的心里定是充满柔情。斯普林听到范俄里的表扬,更是喜不自禁。从各个方面来说,那只大黑狗都是一位好领导。

阿尔法、斯维特和范俄里各有各的风格,拉奇暗自琢磨。他们的领导方式不同,但在属下面前都有无可置疑的权威。拉奇把这些记在心里,虽然我不打算在团队里长期待下去,但多学些东西总是好的。

把猎物运回营地是一项麻烦的工程,大个头范俄里在拉奇的帮助下,承担了大部分的工作——负责拖死鹿。其余两只狗负责兔子等小型猎物。由于拉奇咬的是鹿的肚子,一阵阵香气冲得他直流口水。不过他仍然忍住一口没有吃,说起来他自己都觉得惊讶,他不吃的原因竟然不是怕被处罚,而是真心想等待整个团队统一分配。*这太奇怪了,他想,不过等待的感觉确实不错……*

当他们抵达营地,看到其他狗欢快地奔跑出迎,拉奇的这种感受就更加强烈了。大伙兴奋地叫啊、跳啊,夸赞猎手们的技能。

"干得漂亮!"特维奇看着拉奇说。达特也说:"这足够大家伙吃一顿了——而且还有富余!"

范俄里松开鹿蹄子,得意地说:"穆恩肯定会高兴。我们的孩子正在长身体,很容易饿肚子。"

最令拉奇自豪的还是斯维特的话:"范俄里对我说你在此次狩猎中立功甚大。拉奇,很高兴你能升任猎手。"

大家将猎物堆放在营地边的一棵松树下,拉奇累得躺在地上,口中呼呼喘着粗气。累是累,却累得高兴,因为他今天的表现的确很出色。群狗有的玩耍，有的卧着休息，还有的在活动酸痛的四肢，拉奇看着这一幕，心情十分复杂。玛莎和布鲁诺的安危仍牵扯着他的心，而且贝拉的计划也是个未知数，但是却有一种无法压抑的满足感充斥着他的内心。他已经喜欢上了这里，他的角色，他的地位，还有他带来的被大家赞叹的技能，这些都满足了他的心理需要。

他回想自己在贝拉团队里的那段日子，刚开始的时候，自己忙得一塌糊涂，拴绳狗们都指望自己领导他们。他想，*有时我其实只想成为集体的一分子，干好自己的本职工作，而不是当一个决策者。*当然，贝拉现在担当了决策者的角色，但是，他仍觉得自己对贝拉团队负有不可推卸的责任。但在这里，他不必管理任何事情，这正是他想要的。

灌木丛里发出的沙沙声打破了拉奇的沉思。他甚至不回头都知道谁来了。背后的毛不自觉地竖立起来，尽管内心紧张，但他仍坐着没有动。

"你好，怀恩。"他低声说，"你来干什么？"

小欧米伽舔了舔嘴巴，说："不要这么粗鲁嘛，拉奇。我只想问问我们的大猎手需要些什么？"

"什么都不需要。谢谢。"

"我可以为你送来任何东西。你知道，我可是专职打下手的。"

拉奇猛然转头，随即想起自己不能和眼前这只狗翻脸——这令他更是恼火。

"不用了，怀恩。谢谢。"

"你暂时还是要叫我欧米伽。"小狗低声下气的口吻令拉奇感到十分刺耳，"别忘了兑现你的承诺，城市狗。"

拉奇转过头，真想不顾一切地咬过去，但欧米伽已经消失在了树影里。他憋了一肚子火，早先的那种满足感全都烟消云散了。

欧米伽不会忘记他逼迫拉奇许下的承诺，而拉奇也不敢让欧米伽去告密。因此他必须吃掉一些猎物——偷盗他引以为荣的战利品——然后栽赃陷害给某只狗。

要吃就吃那只鹿，他羞愧地想。那只鹿是近几天来野狗群最大的收获，正摆在营地里展览，它的气味和分量是那么的惹人注意。如果失窃的仅仅是一只囊地鼠的腿，首领甚至都不会察觉到。我要干的这一票肯定会把大家都吓蒙的。

他不停自责说：拉奇，你是个骗子，骗子加内奸。

但是他别无选择啊。

到底陷害谁呢？我该毁掉谁的生活？拉奇环视四周，内心翻涌，表面上却保持平静。为了让我继续保持隐蔽的身份，谁来当这个替死鬼呢？

有一件事是无比明确的：一旦他选定了狗，就必须立刻采取行动。不能再拖延，不能再找借口。

或许这就是他迟迟不想做决定的原因所在。可是，当他的目光扫过群狗时，最佳的选择便立刻跳了出来——冒赤。

冒赤喜欢偷窃食物早已为大家所熟知。就在上一次，他还不守规矩，想多吃一只兔子呢。在大家用餐前，冒赤偷嘴，吃一两口鹿肉，谁也不会感到惊讶。拉奇已经在心里筹划着这个栽赃计划。冒赤的毛又长又黑，在野狗群里独一无二。他现在和巡逻狗们睡在一起，那里到处散落着他的黑毛，而且，更妙——或者更糟的是，猎手们的巢穴里也残留有他的毛，拉奇现在睡的地方就能找到一些。在这种情况下，取几缕放在死鹿身上有什么难的？

拉奇，这有什么难的呢？

拉奇合上双眼，将鼻子拱在前爪下，心里很不是滋味。他努力回想着冒赤对他的敌视，但这不管用：他仍然无法忍受自己将要陷害无辜的行为。

奇怪的是，最令他难过的还是这件事对野狗群的影响。他要背叛他们的信任，在这个团体中播种怨愤和仇恨，去欺骗他的伙伴们。他早已不是最初执行贝拉计划时的心态了，他喜欢他们，尊重他们，信任他们……

不能这么做，不能。

*但我必须这么做。*一个微弱的、急切的声音在他的心里响起：*不这么做，我就死定了。*

反正他们都不喜欢我。我才不管那么多呢。我是一只独行狗，永远都是。我要生存。

最后只有一个问题：我真的想回到过去吗？或者我真的想放弃团体生活，放弃成为范俄里，或斯耐普，或斯维特……或欧米伽？

拉奇打了个寒战。不，他不能仅仅因为在上午群体捕猎的乐趣，不能仅仅因为"群啸"带来的深刻激情，而留恋团体生活。绝不能让欧米伽去告密；他必须活下去，逃离这里，重新成为原来的拉奇。不管代价是什么，他都必须去做。

虽然这些让我很不爽，但生活就是这样，我必须接受它。因为我是拉奇，独行狗拉奇，我要活下去！

想到这里，他立刻站了起来，深深吸了口气，用力抖了抖身体，伸了个懒腰，然后懒洋洋地走向猎手们的巢穴，开始在他柔软的睡铺上扒来扒去，似乎是想把睡铺整理得更舒服些。

他偷偷地把冒赤的毛聚集成一小堆。深吸了口气，他把这一撮毛含进嘴里。狗毛刺激着他的喉咙，而且冒赤的气味也很恶心，令他想呕吐。

拉奇若无其事地向四周扫了一眼，发现没有狗注意自己，于是他朝树下那堆猎物爬了过去。那一刻，他仿佛感到所有的目光都聚集在自己的身上——尤其是那双一黄一蓝的眼睛。*不要东张西望。表现得自然些！*他最后回头瞄了一眼，确定自己没有被发现。首领闭着双眼，和斯维特相拥躺在石台上。其他狗要么在打闹，要么在聊天。幼崽斯科姆正和妹妹娜姿扭成一团摔跤，用他那稚嫩的小奶牙咬妹妹。而他的弟弟富兹则在认真地追逐自己的尾巴，四条短小的腿扒得尘土飞扬。穆恩和范俄里慈爱地看着他们，根本不会注意别的。

机不可失，时不再来。拉奇在死鹿的肚皮上舔了一下，想把嘴里的毛放上去。可是不论他怎么舔，总有一些卡在他的牙缝里。

不！拉奇慌了起来，用爪子扒拉嘴巴，抠自己的牙缝。整个过程他都不敢动作太大，以免招来注意。可那些毛很顽固，黏在他的舌头上、口腔里，弄得他十分难受。

终于好了！他用爪子勾住缠成一团的毛，从嘴里拽出来，然后将残余的几根舔在死鹿的腿上。

接下来怎么办？

拉奇又朝四周偷觑了一眼，发现就连欧米伽都没往这边看。他愤愤地想：看来怀恩对他的阴谋很自信嘛。

顾不得自己的愧疚感，拉奇咬住死鹿的肚皮，用力扯开一道口子，然后撕下一块仍带着体温的鲜肉，用最快的速度咽进肚里。捕获这只鹿时他毕竟参与其中，因此他也不怕留下自己的气味。

撕扯，咀嚼，然后吞咽，他一遍又一遍地重复着。够了！真的够了？嗯，再吃一口。快啊，拉奇。赶紧的。

当终于不堪忍受这份紧张时，他从死鹿身上退开，心脏剧烈跳动着，忽然转身，迅速匍匐穿过树丛，然后大步离开营地边缘。

我竟然没有被自己的脚绊倒。

他对自己身体不由自主的颤抖感到十分恼火，而这股怒火却帮助他稍稍驱散了内心的恐惧。

他一口气奔跑至湖边，连水都来不及喝，直接把带着血迹的嘴浸入冰凉的湖水里，飞快地将嘴上残留的冒赤的黑毛连带死鹿的血一起清洗干净。然后他悄悄地绕了一大圈回到营地边，这才停下脚步把呼吸调匀，装作若无其事的样子缓缓走进营地。

*如果被别的狗听到心跳声，我就死定了。但这是不可能的。*于是他站着不动，一直等心跳渐渐慢下来，然后趴了下来，仿佛什么事都没发生过，仿佛他只是起身活动了一下筋骨而已。

一切都无可挽回了。

他刚刚彻底放松下来，旋即便被巨大的愧疚感以及对将要发生的事情的恐惧所淹没了。看到欧米伽从空地经过，拉奇翻了翻嘴唇，趁他不注意呸了一口。

肚子被撑得难受，再加上极度紧张，拉奇根本睡不着。别的狗也都没有睡觉，大家都在等待首领分配食物。拉奇惶恐不安，越来越强烈。就在他将要忍受不住的时候，首领睁开眼睛打了个哈欠，站起来伸了个懒腰。斯维特也醒了。

大狼狗从石台上跳下，信步走到空地中央，吼了一声，把大家都召集过去。

"现在开始用餐。"

巡逻狗们将猎物拖进空地，在这个过程中，拉奇看见他们相互交换了一下眼神，颈毛都竖立起来，尾巴也变得僵直。他们没有了往日这个时候的期待和从容，而是把食物放在指定地点之后，立刻慌慌张张地退了下去。

他们发觉了。他们知道死鹿被偷吃了！

他们知道大麻烦来了……

首领朝死鹿的尸体走去。

他站着嗅了嗅,没有说话。此时,整个营地都陷入了沉寂之中。

首领低头嗅着死鹿的肚子,空气仿佛被无形的火焰燃烧起来。当再次抬起头的时候,他双目怒睁,露出锋利的牙齿。他仰起头,发出一声惊天动地的怒吼。

周围死一般的沉寂,甚至连树上的鸟都不叫了。

首领的吼声如同火山爆发。

"谁——干——的?!"

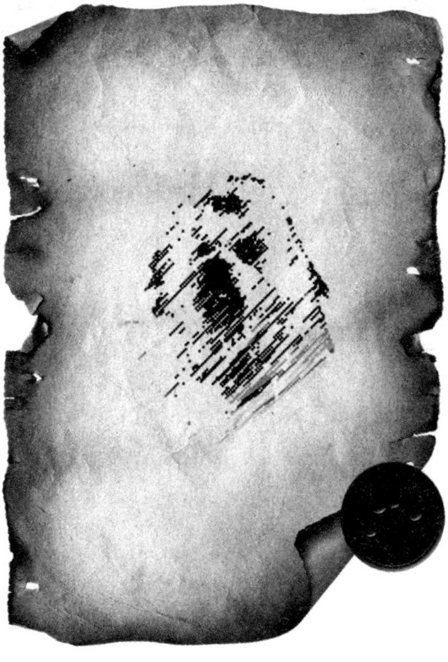

第十七章

首领逡巡左右,狂怒的样子前所未见。

"是谁?!"

狼狗的一只爪子重重拍在地上。他把头扭向一边,啐了口唾沫。再次抬头的时候,他的眼睛直盯拉奇。

拉奇怕得要死,但此刻就算死也不能承认。他不自觉地想擦擦嘴,想把想象中肯定挂在嘴上的黑毛抹掉。不……不会的,他不可能那么粗心。

狼狗会读心术吗?首领知道了吗?

拉奇不知道自己奔跑的速度能有多快,能否跑过……

首领向前走了一步,拉奇差点儿要破口承认。然而他不是冲着拉奇;那冰冷的目光锁住了冒赤。首领猛地挥动爪子,一捧泥土飞进冒赤的嘴里,把冒赤闹了个灰头土脸。

冒赤迷茫地抖了抖尘土,两只耳朵扇动了几下:"阿尔法?"

首领没有答话,而是气势汹汹地向他走去。

冒赤畏缩着说:"阿尔法,您这是……"

"住嘴!"首领恶狠狠地说,"你这个偷窃食物的浑蛋。你认为你有权利排在穆恩的孩子们之前,排在我之前进餐吗?"

冒赤顿时被吓得目瞪口呆:"我没有!我从没——"

话音未落,首领便扑上前去,骑在他身上,猛抓他的脸和脖子,并狠狠咬住他的耳朵。冒赤发出一声惊恐的吼叫,无助地挣扎着,想从首领庞大的身躯下爬出来。他是被仰面扑倒的,肚皮被首领的后爪抓得鲜血直流。很快,冒赤的吼叫就变成了一连串凄惨的尖叫。

拉奇只想捂住自己的耳朵。住手,他几欲大喊,*不是他干的,是我……*

不能说,拉奇。活下去!

其他狗看着眼前这一幕,一个个吓得夹紧尾巴。斯维特站在拉奇身边,身体微微颤抖。拉奇瞅了她一眼,真希望她能出手制止首领的暴行。冒赤的鲜血飞溅到斯维特的脸上,她立刻显出狰狞之色。

*去啊,*拉奇内心疯狂地呐喊,*去制止他,斯维特。别让事态恶化。除了你,没有狗能……*

突然,这只无影狗一跃而起,姿势十分美妙。拉奇大大松了口气。*她要去制止首领了!感谢天狗——*

然而,拉奇立刻发现自己高兴得太早了。只见斯维特冲上前一口咬住冒赤的尾巴根,令后者又发出一声惨叫。随后斯维特毫不留情地发动攻击,朝冒赤的两只耳朵下嘴。而首领则咬住他的脖子,像甩一只兔子似的左右甩动。

拉奇再也看不下去了,低吼了一声,冲向挣扎中的冒赤。这时,斯维特飞快地瞪了他一眼,警告的意思再明显不过。斯谁——干——的?!

首领向前走了一步，冰冷的目光锁定了冒赤。

阿尔法？

住嘴！你这个偷窃食物的浑蛋。你认为你有权利排在穆恩的孩子们之前，排在我之前进餐吗?!

阿尔法，您这是……

我没有！我从没——

维特的眼色令拉奇立刻停下脚步。只见她张开血淋淋的嘴巴，冲他直龇牙。拉奇之所以停下来，不是被斯维特的凶狠模样吓住的，而是他确定无疑地看到了斯维特那双黑色的大眼睛里充满了柔情。

她不想我受到伤害。她在保护我！

见拉奇退却，斯维特再次朝冒赤发起攻击。

短短的几分钟，却仿佛一个月那样漫长。最后，首领在冒赤头上重重一击，这才退后。斯维特站在首领旁边，舌头耷拉着，轻蔑地瞪着冒赤。

冒赤打了个滚儿趴在地上，已经站不起来了。他喘着粗气，嘴里发出阵阵呻吟。其他狗都露出不忍的神色，却都没有谁敢上前扶起冒赤。

首领冲着这只遍体鳞伤的狗吼道："你现在是欧米伽了。"

"这是你应受的惩罚。"斯维特懒洋洋地舔着爪上的血迹，补充说。

"可是，阿尔法……"冒赤气若游丝，微弱的声音几不可闻。

"你还敢狡辩。好，就罚你一个月之内不许向其他狗挑战。"首领晃着尾巴说，"欧米伽，死鹿身上有你的毛，你的毛！你还敢抵赖吗？"

冒赤趴在地上，努力撅起屁股，可怜兮兮地低头服从。他明白自己现在根本就是百口莫辩。

前任欧米伽轻轻咳嗽了一声，从狗群里走出。他飞快地扫了拉奇一眼，脸上没有任何表情。

别在这个时候感谢我，拉奇恼火地想，*千万别干蠢事！*

但那只小狗只是可怜兮兮地看向首领。

首领不屑地看着他，过了好一会儿才说："哼，我想你现在变成巡逻队员了，欧米伽。从今往后，我们或许该称呼你怀恩。"说完，他转身朝猎物堆走去。

斯维特嫌恶地看了怀恩一眼，说道："怀恩，看在天狗的分儿上，努力证明你自己。"

拉奇已经彻底没了胃口，看着冒赤钻进灌木丛里舔舐伤口去了，他强迫自己上前进餐，有气无力地趴在特维奇旁边。

"别可怜冒赤。"特维奇口吻轻松地说，"对了，是欧米伽。他活该。"

不是的，拉奇心想。

范俄里和斯普林领走各自的一份食物后，尽管撑得不行，但拉奇不得不爬上前，强迫自己再吃一顿。他强忍腹内的恶心，一口又一口地往肚子里塞鹿肉。*我必须大口吃，装作今天还没有吃过东西的样子……*

可以把食物藏起来慢慢吃，但必须做得隐秘些，不能让别的狗怀疑自己已经吃过东西了。如今地面上已经积着薄薄的一层落叶，他偷偷把一小块肉塞在树叶下面，因为怕被斯维特发现，所以大部分仍强忍着吃下去了。经过一番艰苦的努力，拉奇终于吃完了，肚子被撑得浑圆，却不敢流露出丝毫如释重负的神情。

我再也不想吃鹿肉了……

等斯耐普、特维奇和达特吃完,这才轮到怀恩。拉奇从没见过那般狼吞虎咽的样子,以至于他怀疑怀恩小小的肚子里是怎么装下那么多肉的。更令拉奇愤恨的是,这只卑鄙小狗明知今天这一出戏是他们联合导演的,却放开肚皮猛吃,几乎一点都不留给冒赤。

若要论起谁最能明白新任欧米伽的处境,非前任欧米伽莫属。怀恩知道那种饥肠辘辘,被歧视、忽略的滋味。

他应该表现出一点点怜悯来! 拉奇生气地看着怀恩那张沾满死鹿鲜血的烂柿子脸。*不,我不能打抱不平,其代价是我无法承受的。*

拉奇本以为能够通过"群啸"活动使自己的心情好起来,但是当群狗聚集在一起,啸声充斥夜空的时候,他的目光不由自主地落在冒赤身上。那位新任的欧米伽正努力参与其中,可是他的号叫声既短又弱,显然是因为白天受伤的缘故。那天晚上,拉奇没有见到任何狗神的影像;"群啸"对他失去了那股神秘力量。

当"群啸"结束的时候,冒赤——拉奇发现自己很难把他看作欧米伽——第一个离去。拉奇等到所有的狗都去睡觉了,这才小心翼翼地取出他白天藏起来的肉,然后走到冒赤简陋的新居前。听到树枝响,冒赤抬起头,看见是拉奇,顿时吃了一惊。

"你想干什么?"黑狗的眼睛里充满了怨恨。

"我带了——"拉奇深吸了口气,"我给你带了点吃的。这是我剩下的。"

"这是不被允许的。"冒赤狐疑地看着他。

"这件事你知我知。"拉奇把肉推到冒赤面前,说,"我当然不会告诉阿尔法。"

说到这里,拉奇暗暗感到惭愧,不过冒赤当然看不出什么异样。

"我为什么要接受你的食物?"

拉奇毫无芥蒂地说:"你吃得太少。"

"是的,那个小浑蛋怀恩恨不得一点儿东西都不留给我。"

"这似乎不公平吧。因为今天的食物非常充足。"

"是的,这不公平。"冒赤抱怨说。他的鼻子伸向那块鹿肉,一副心不甘情不愿的样子。"你不是在耍我吧,城市狗?"

"当然不是了。"拉奇否认说。*起码现在不是。*

冒赤终究抵挡不住食物的诱惑,伸舌头舔了几下,然后就大口撕咬起来。拉奇扭了扭头的工夫,就见足足一半的肉已经被冒赤吞到了肚子里。

"谢谢你。"冒赤有些悲伤地说,"虽然我不知道你为什么会帮助一只欧米伽,但我还是要谢谢你。尤其是,当初我确实不欢迎你加入团队。"

*那正是我选你当替死鬼的原因啊。*拉奇咽了口唾沫。

"我只是……觉得这样不好。我还不习惯团队的这些规矩,特别是针对欧米伽的。"

"哼，"冒赤声音粗哑地说，"反正谢谢你了。"说完，他又低头大嚼起来。

离开正在大快朵颐的冒赤，拉奇回到狩猎队员的巢穴。

森林狗啊，他闷闷不乐地想，请别让冒赤变得聪明。不要让他发现真相。

永远都别让他知道，他遭受的这些灾祸都是我造成的。

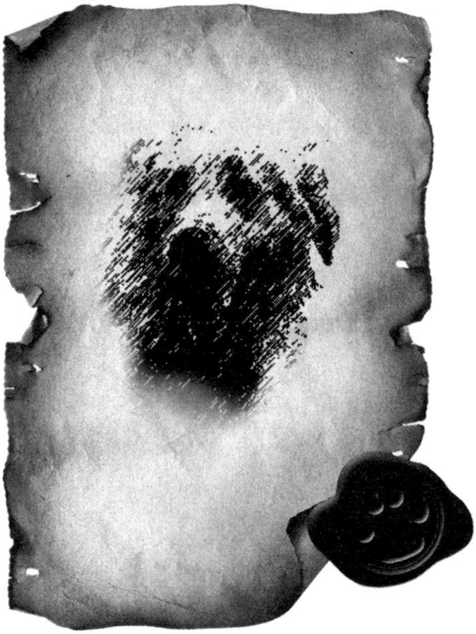

第十八章

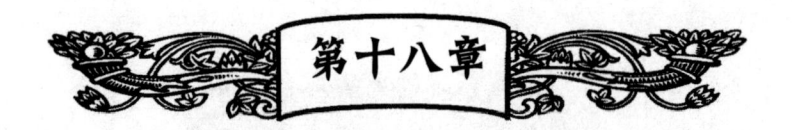

狩猎队员的巢穴内异常闷热,拉奇翻来覆去难以入睡,干脆来到空地上,享受草坪的清凉。月亮狗发出明亮的光辉,照得夜晚毫影毕现。拉奇心想,幸亏今晚没有溜出去和贝拉见面,否则一下子就被发现了。

忽然,拉奇发觉空地对面有物体在活动,于是好奇地竖起耳朵。月光下,他看到一个巨大的身影出现在营地内最高级的巢穴处。

是阿尔法。拉奇吃了一惊,看见首领径直从空地经过。当他仰头看向月亮狗的时候,原先那一只黄眼和一只蓝眼都被月光洗成了银白色。拉奇惊讶地看见首领消失在丛林中。

斯维特修长的身影从灌木丛里显现,她慢悠悠地舒展了一下身体,然后朝拉奇这里信步而来。

"睡不着?"斯维特在拉奇身旁卧下,眼睛盯着首领消失的地方。

"是的,睡不着。阿尔法去哪里了?"

斯维特困惑地说:"每当月圆之夜他就会离开——找个地方和月亮狗单独待一会儿。"她摇摇头,似乎想不明白,"这是他在狼群生活时养成的习惯。阿尔法说,他们经常聚在一起,对着月亮狗唱歌。那种活动甚至比'群啸'还要特别。"

虽然拉奇同样迷惑不解,但仍感到脊背一阵寒意。他不能想象世上还有比"群啸"更能激发热情的仪式,不过,既然那才是真正的月亮狗仪式,倒也难怪首领对之念念不忘了。想到此处,拉奇再次对首领被逐出狼群的原因产生了好奇心,不知道他怎么落到了和一群野杂毛厮混的境地。

拉奇看了斯维特一眼,说:"斯维特,想和我一起走走吗?"

斯维特转头打量了他一会儿,问道:"你是说,到营地外边?"

"是的,我想和你单独谈谈。"

斯维特若有所思,尾巴点着地面,说:"拉奇,这恐怕不好吧。万一被阿尔法知道了怎么办?"

"根据你刚才所说的,他要过很久才回来。"注意到斯维特疑惑的表情,拉奇有些不以为然,"你很听他的话吗?"

斯维特面容一僵,否认说:"当然不是。但他是阿尔法,我得尊重他。"

"而他显然也尊重你。"*真会花言巧语啊,城市狗。*"并且信任你。我只是想和你聊聊天罢了。有些话这里说不方便。"

斯维特叹了口气,想了一会儿,然后不情愿地点点头。

"好吧,拉奇。就一小会儿。"她站起身,"去湖边吧,那里比较僻静。"

两只狗默默地穿过树林，很快就来到了湖边。水浪轻轻地拍打着岸边的礁石，湖面映射着月光，令夜空的星辰都变得依稀晦暗。

他们站在湖边，任由水浪轻抚脚面。拉奇忽然觉得爪底有些刺痛，于是低头舔了舔潮湿的爪子，用牙齿咬出了一根花刺。

"你想聊什么？"斯维特问。她竖起耳朵，望着湖面上荡漾的水波。

拉奇深吸了口气，说："你觉得你和阿尔法对待冒赤的态度真的很有必要吗？"

斯维特沉默了一阵子，然后叹了口气坐下来。"是的。是的，拉奇，真的很有必要。在一支团队里，有些事情尽管你不喜欢，却不得不做。"

"那你不会是……"拉奇迟疑了一下，不想显得唐突，但却非常想知道答案，于是终究问了出来，"……喜欢上这种感觉了吧？"

"当然不是。"斯维特生气了，"我怎么会喜欢这种感觉呢？那只不过是我的职责啊。我是阿尔法的搭档，必须要和他站在一条线上。无论他做什么，我都必须支持他，尤其是在关乎团队纪律的事情上。如果我们不能一心，团队将四分五裂。"

拉奇原本对斯维特和首领的关系很吃醋，此时听了她的话，心思顿时活泛起来。

"斯维特，你刚才说'搭档'？"

"是啊，怎么了？"

"是搭档，不是配偶。"

斯维特神情古怪地盯着拉奇，看得他汗毛直竖。

"没错。"她最后说，"是搭档。"

"这么说来，'搭档'只是一种职位了？是你在团体中的职位，而不是——"

"没错。"她抖了抖毛，再度望向湖面。

"斯维特……"拉奇顿了一下，尾巴紧张地拍着，"有个问题我一直想问你。你怎么升得这么快？"

斯维特叹了口气，划拉了一下水面，顿时激起碎银片片。

"拉奇，我不想聊这个。在我加入之前，还有……嗯，还有另一位贝塔。我们……相处的时间不长。她已经不在了。"

拉奇的颈毛顿时竖立起来。为了打破尴尬的气氛，他站起来开始舔水。自从离开巡逻队，他现在想喝就喝，不用担心违反规定；清凉的湖水滋润了他的舌头和喉咙，令他精神一振。

"阿尔法和我是一个整体。"斯维特开口说，"我们一起工作，一起管理团队，维护纪律，让团队一天天壮大。或许某一天我们会成为伴侣；这是惯例。但是现在还没到时候。"

拉奇不知滋味地喝着水，脑子里都是那句话：*现在还没到时候。*

"我喜欢我的地位。"她倔强地说，"我以前从没当过贝塔，刚开始的时候都不知道自己能不能做好。这个位子让我感觉……我不好说。应该是更加强大，更加自信吧。想保住这个位子不容易，但我做到了。"

"我明白，斯维特。"拉奇缓缓说，"我真的明白。"尽管已时隔多日，但每当回忆起当时争夺狩猎队员位子时的激烈战斗，他仍然感到头晕目眩。这还仅仅是抢斯耐普的位子罢了。斯维特可是贝塔啊，她怎么能够忍受得了这种提心吊胆的日子呢：日复一日地为保住地位而战斗，为证明自己的能力而战斗？想到这里，拉奇心中一凛。贝拉的团队或许没有斯维特团队这么顽强的生存能力，但如果让拉奇选择，他宁可选贝拉团队，至少在那里，大家都是平等的。

"很高兴我们能够别后重逢。"他有些尴尬地说。

"我也是。"斯维特竖起一只耳朵，好奇地看着他。

拉奇扒拉着爪下的鹅卵石，问道："我现在想独自在外面走走，可以吗？既然阿尔法可以……"

斯维特吃惊地说："不是阿尔法能做的所有事情你都可以做。"

"独自走走又不会对团队有什么损害。"

"不行！"斯维特语气变得生硬冷酷起来，"不要以为你打败了斯耐普，就可以挑战阿尔法的权威了。那是完全不同的概念。就连范俄里都打不过阿尔法，当然，他不会愚蠢到试试的地步。"

拉奇被她的语气激怒了："那是因为范俄里野心不足罢了。"

"范俄里很聪明，所以懂得守规矩。你应该学学他。"说完,斯维特转身开始朝营地走去。走出几步后,她停下来回头又说:"记住冒赤的下场。"

记住冒赤的下场。

他怎么可能忘记呢?

拉奇呆呆地看着斯维特消失在树林里,过了良久,才转过身面朝大湖。湖面静静地泛着微波,映照天上的一轮圆月。如果首领的守护神是月亮狗,她会把拉奇的秘密泄露给他吗?或者,月亮狗明白他要做什么吗?

夜色中响起拉奇深沉的叹息。

记住冒赤的下场……

不能这样下去。斯维特离开前的话促使他坚定了决心。她对冒赤可谓心狠爪辣——但她是在用冒赤的下场威胁拉奇吗?拉奇背上直冒寒气,使劲咽了口唾沫。*别胡思乱想,拉奇!*

他从未像现在这般渴望远离首领阿尔法的团队,远离那份愧疚。为了隐蔽自己的身份,他竟然诬陷冒赤,而且甘心受怀恩挟持。

毕竟,他刺探出了贝拉可能需要的所有情报。现在根本没有必要继续留在这里了。其实他明白自己逗留这么长时间的隐晦原因:因为他成为了猎手,一只有地位的狗;因为"群啸"的激情。他害怕自己的这个念头。如果他屈服于这个念头,他会变成另一个拉奇吗?

不知不觉中,他沿着湖岸走了一大圈,心里只想着离开首领的团队,越快越好。不可否认,他将会思念斯维特,但对方是首领的搭档，而且不久之后还将是首领的配偶，胳膊肘会拐向哪一边是显而易见的事。他也将想念其他的狗——尤其是特维奇和斯耐普。他忽然想起自己还答应过斯耐普教他一些城市狗的招数。

可是我既不想和斯耐普掺和在一起，也不想和斯维特掺和在一起，当然更不要说首领了。

是吗？

月亮狗仍高挂在天上，贝拉会去长脚的营地。拉奇想到这里，不由得加快步伐，迅速在树影间穿行。每次暴露在月光下时，他都感到莫名的紧张。他的四肢爆发出强劲的力量，因为他一直在担心：万一贝拉在他到达之前离开怎么办？万一她根本没有去怎么办？

万一她已经对我不抱希望怎么办？

当他嗅到营地里那股焦煳味时，顿时大大松了口气。他奔进空地，看见贝拉正在那里等候。贝拉"汪"了一声，走上来打招呼。

她侧着头，耐心地等待拉奇的呼吸逐渐平稳下来后，方才问他："野蒲，我都几乎对你不抱希望了。我刚想离开呢！"

拉奇蹭了蹭她的头，说："斯魁克，别对我失去希望。多等一等！"

贝拉欢快地说："自打你和戴兹、阳光他们见面起已经有好几天了。怎么间隔这么长时间才来？"

拉奇卧下说："实在找不到溜出来的理由啊。"借着月光，他注意到贝拉的眼圈有些发黑,鼻子上有几道伤痕,左侧肩膀上也有一道浅浅的伤口,不过总体看来,她还蛮精神的。拉奇嗅到她身上有股怪味,于是特意上前闻了闻她肩膀上的伤口:是别的动物的气味,很浓的麝香味。

拉奇心里一寒,后退一步说:"贝拉,这是怎么回事?"

"我们很好啊。"贝拉神采奕奕地说,"你说的那条通往湖边和狩猎地的路简直棒极了!我敢说,我们团队很快就能壮大起来。"

"嗯……很好,但这不是我想说的。你好像受伤了!"

贝拉心不在焉地甩了下头,说:"我们和几只野狗干了一仗,我们赢了!对方数量不多,我们这一方没有伤员。"

拉奇没什么好说的了。因为他妹妹快乐地同几只野狗打仗,而且还打赢了?而这都发生在他打入野狗群内部,执行她指派的间谍任务期间。

草丛中一只田鼠窜过,发出沙沙的声响——气氛变得更加沉闷。

"拉奇,你怎么样?"贝拉最后问,"上次分别后,都发生了什么事?"

她的语气显得非常急切,拉奇本不太想说,但话一出口便收不住闸,于是他把所有的事情都说了一遍。他有种很强烈的感觉,那就是贝拉并没有告诉他全部事实——然而却希望从他这里获得每一点信息!

贝拉听得很仔细,当拉奇说完后,她说:"戴兹已经把你遇到那个巨型怪叫笼的事情告诉我了——听起来很可怕啊！"

"的确很可怕。我当时吓坏了，若不是阿尔法——"

贝拉的耳朵立刻竖直了，想必是她听出拉奇的语气里饱含的尊敬之意吧。"他怎么样？"

"没什么。"拉奇无心解释自己对首领的复杂感情，"反正就是遇到了巨型怪叫笼，还有几个黄皮长脚。那时你正在和野狗们打仗。"

贝拉担心地嗅了嗅他的身体，问："拉奇，你受伤了吗？"

"没有。"多亏了首领。"可是贝拉，我受够了。我想回来，我们能迁移到别的地方。不仅是怪叫笼和长脚的缘故——和那个团队做邻居也是很危险的。欧米伽——我是说怀恩——随时有可能揭发我的身份。我不敢肯定他不会再要挟我——而且，等过了这个月，他肯定又会降为欧米伽。那时他会更难对付！"

"可那还早着呢！"贝拉高兴地说，"你现在已经讨得那只恶狗的欢心了。你没问题的！"

拉奇盯着她说："那不是重点。不仅是怀恩！如果那些狗发现我背叛了他们，你就再也见不到哥哥了。我会和地狗一起捉虫子吃！"

贝拉看着自己的爪子，说道："拉奇，可是你不能啊。你不能回来。"

拉奇心里骤然一紧。"你这话什么意思？"

"哦，拉奇，我是说暂时。你明白的。"

"不，我不明白！"拉奇火冒三丈。

"听我说,"贝拉安抚说,"过些日子你当然可以回来。或许就几天!玛莎和布鲁诺还没有康复。"

拉奇大吃一惊:"还没有康复?贝拉,这不对劲。他们应该——"

"哦,你不用担心,拉奇!"贝拉急忙说,"你要操心的事已经够多了。他们得的只不过是一种怪病罢了——整日肚子痛。我觉得问题可能出在食物或者水源上。甚至可能是空气!其他狗的肚子也有些不舒服,仅此而已。他们会好起来的,但如果你现在回来,你也可能被感染。不是吗?"

拉奇久久凝视着贝拉,心里极度失望。那一刻,他的四条腿仿佛如同灌铅般沉重,连站立都困难。*我还要继续当内奸?*

"我应该……但是……"忽然,他的失望变成了极大的恐惧,"我把一切都交给了你和团队!你说什么我就做什么,我背叛了一只狗,然而,现在你竟然要我回到那里去!"

贝拉飞快地打断他的话:"我们的力量还很薄弱,需要你继续留在那里。你明白吗?我们需要你多刺探一些情报,确保我们能够安全地获得食物和水。你混在他们中间是……是最好的办法。拉奇,你必须好好待下去!我们需要你!"

她知道我的软肋在哪儿,拉奇沮丧地想。他发出一声悲切的哀鸣。

"求求你,拉奇?为了我,好吗?"

我做的这一切还不都是为了你,贝拉。

"求你了,拉奇。"贝拉的目光很严肃。

217

拉奇低下头，避开贝拉的目光。

"那就再多待几天吧。就几天啊。我能先和你回去看望玛莎和布鲁诺吗？我很担心他们！"

贝拉的尾巴垂下来。"我也希望你能回去看他们。"她说，"可是我怕你染上那种怪病。"

拉奇失望地说："你说得也有道理。告诉他们，我会尽快回来的。"

"谢谢你，拉奇。"贝拉蹭了蹭他的耳朵说。

"贝拉，就算我今晚回去，也不会好过。他们其中一只狗——嗯，我想我的失踪已经被发觉了。"他忽然想到斯维特知道自己离开以及她说的话，顿时大为紧张。

"那你就要小心了，野蒲。"贝拉温柔地舔了舔他，说："多保重，我不想让自己的哥哥出事。"

怎么会？这还不都是你造成的！不管怎么害怕，怎么悲伤，拉奇都必须承认贝拉的话有道理。他现在回去除了会被感染生病，什么都做不了，而且，他留在野狗群的日子也不会太长了。只要大家的病好了，他就能回去。前提是，这种病果真像贝拉形容得那么严重吗……

"那你别忘了，"他叹气说，"怀恩现在是巡逻狗，他很弱。无论他怎么狡猾，终究实力不行。当你需要在附近活动的时候，他就是你能利用的弱点。记住，野狗群都是在傍晚捕猎。森林这边的草坪有许多猎物。如果你能把捕猎时间安排在上午，等我们捕猎时，你们留下的气味就已经消散了。"

"好的,好的。拉奇,我都记住了。"贝拉显得很认真,但却有些不耐烦。"现在你最好赶回去。一切小心。我保证,很快就能回来!肯定在下个月之前。去吧!"她又温柔地舔了舔拉奇的鼻子。

"那就再见了?"

"再见,拉奇!愿森林狗保佑你!"

拉奇觉得贝拉就像遣散一只幼崽似的把自己赶走了。他一边往回跑,一边想:*她想让我离开。她迫不及待地想让我离开。*这个想法让他有些心寒。

别瞎想,拉奇!是你神经过敏。

他感觉到妹妹注视着自己离开,直到走出她的视线。

贝拉有事情没对他说。

虽然不知道是什么事,但他确信贝拉有所隐瞒。情况不对头,大大不妙。

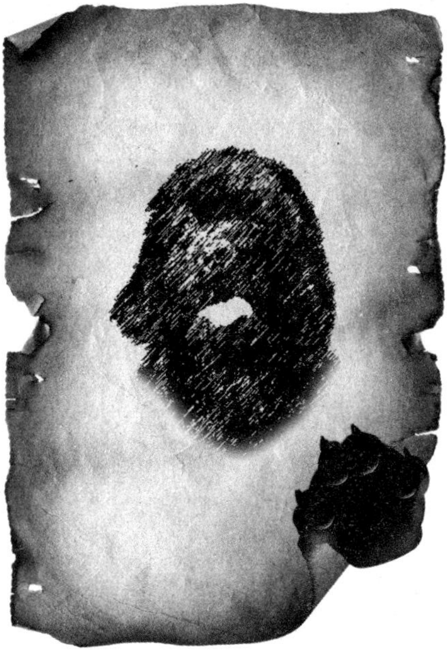

第十九章

第二天,拉奇展开大搜索,对所有囊地鼠洞周围的草皮都仔细嗅了一遍,甚至连树桩都一一舔过,但无论他怎么找,都没有找到贝拉他们的踪迹。难道他们来这里捕猎时,把踪迹遮掩得这么好,好似幽灵般神出鬼没?或者贝拉并没有听取他的建议,根本没来这里捕猎呢?

他现在一团乱麻,毫无头绪,心里又是悲伤又是忐忑。

"你什么时候变成食草动物了?"斯耐普的欢叫声吓得拉奇一蹦三尺高,"快走,发现兔子了!"

斯耐普热情高涨,捕猎是她的一大乐趣。拉奇也欢快地叫了一声,心头的不安一扫而空。

"有本事别跑,看咱们两个谁是食草动物!"

欢笑声中,斯耐普拔腿疾奔,冲进草窝子里,眨眼工夫就消失在了一个土丘后面。不一会儿,几只仓皇失措的兔子朝拉奇跑了过来,拉奇兴奋地追了上去。兔子们如没头苍蝇般乱跑乱撞,其中两只被吓傻了,竟然看到拉奇也不躲,径直冲了过来。兔子的速度很快,一只兔子"嗖"的一下就从拉奇的四腿中间钻了过去。拉奇没有过多理会,直接扑向了另一只,将它扑翻在地，一口咬住了它的脖子。

其他狗也各有收获：只见范俄里已经咬死了一只兔子，而斯普林则猫戏老鼠似的将另一只兔子甩到半空然后跳起擒住。

"今天大丰收啊！"斯普林一爪拍死猎物，尖叫说。

拉奇叫了一声表示赞同，然后又去追赶企图钻入地洞的其他兔子。此时的拉奇热血沸腾，捕猎的快感刺激得他耳朵嗡嗡响，并没有听到伙伴们发出的第一声示警。

最后还是斯耐普的叫声惊醒了他，稍一分神，眼前的兔子便一溜烟钻进地洞。斯耐普没有捕猎，而是盯着一只正狂奔而来的狗。

"是达特吗？"她高声问。

范俄里和斯普林也被吓呆了，看着达特飞速而至。

达特来了个急刹车，气喘吁吁地说："大事不好！快回去，营地遭到攻击了！"

"什么？"范俄里大惊失色，忽然想起一件事，"我的孩子们！"

"达特，是谁干的？"斯普林扔掉尖叫中的囊地鼠，跳过来问。

"是拴绳狗群！他们队伍壮大了！是他们袭击了营地！"

不！拉奇脑子里一片混乱。不，贝拉！你都干了些什么？

"不可能——"斯耐普一开口，便被达特打断说："是他们！当时是怀恩站岗，稀里糊涂的就让拴绳狗们摸进来了！我早就知道他是个猪脑子！他们肯定得知猎手们都外出了，于是乘机杀进了营地!"达特说完,便急匆匆地朝来路回奔。

猎手们顾不上多问,急忙随达特往回赶。拉奇疾步如飞,心却如同掉入水中的石头不断往下沉。

树枝不断从他脸庞扫过,他看不清路,只能牢牢盯住范俄里的后腿以免落后。看着陪伴左右的斯普林和斯耐普,想到"伙伴"这个词,他就愧疚得要死。

拉奇一路上胡思乱想,随着大家一起来到营地。刚进入空地,就看见首领昂首直立,对着入侵者们咆哮。

眼前的场景令拉奇如遭雷霆。只见他的团队,那些他誓死守卫、甘愿为之充当内奸的拴绳狗们,赫然站在首领的对面。

这是我的另一个团队,这个念头骤然在拉奇的脑海中一闪而过。

贝拉显然是入侵者的领头,她的尾巴直立,颈毛竖起,冷峻地面对首领。戴兹和阳光微微发抖,但却站得很稳,龇着小牙齿。米琪站在他们旁边,一脸坚毅和凶狠。

其余的两只狗是布鲁诺和玛莎。

只见他们两个神采奕奕,蓄势待发,哪里有半分重病的样子?玛莎的腿甚至都不瘸了。

贝拉对我撒了谎……他们全都在撒谎……

两支狗群面面相对、缓缓绕行,嘴里不断地发出低吼,伺机寻找对方的弱点。

拉奇的每一根毛都竖立着,紧张情绪如同电流一股股地灌入他的每一寸皮肤、每一块肌肉,可是他无能为力,甚至不敢乱动一下。尽管脑子如同疯狂的兔子一样奔腾,却怎么也想不出一个有效解决眼下难题的办法。怎么会陷入这种该死的境地呢?

拉奇,你打算站在哪一边?

一时间,愤恨和迷茫冲得他脑袋晕乎乎的。贝拉为什么不把这个计划提前告诉他?是出于对他的不信任,还是把他当作了被抛弃的诱饵?究竟是什么令她觉得这个计划能奏效?要知道,野狗群的实力和她的团队相比简直不可同日而语。

妹妹在浴血奋战,我不能袖手旁观……

真的不能吗?

"滚开,你们这些长脚的走狗!"斯维特吼道,"你们要为今天的行为付出代价!"

"我们想到哪里就到哪里。"布鲁诺回敬道。

"对,无论是湖边还是狩猎草地,你都无权阻挡我们。"米琪叫道,"若是不愿意,就同我们见个高低吧。"

特维奇作势欲扑,不过却没有一只狗真的发动攻击。首领那双颜色不一的眼睛轻蔑地、冷漠地看着贝拉。拉奇见了心里一沉,贝拉只怕在劫难逃了。

牺牲的难道只有贝拉吗?在这种形势下,太阳狗落山前,双方都会伤亡惨重,非常惨重……

或许我能将双方说和。不,别异想天开了。啊,森林狗,帮帮我。我该怎么办?

群狗们散发出的气味十分浓烈:有愤怒,有怨恨,还有恐

眼前的场景令拉奇如遭雷霆。只见他的团队，那些他誓死守卫、甘愿为之充当内奸的拴绳狗们，赫然站在首领的对面。

贝拉显然是入侵者的头领，她尾巴直立，颈毛竖起，冷峻地面对首领。

贝拉对我撒了谎……
他们全都在撒谎……

两支狗群面面相对、缓缓绕行，嘴里不断地发出低吼，伺机寻找对方的弱点。

拉奇嗅到一股气味——一种黑暗的气息，他们现在就躲在树林里。

树丛里顿时现出许多身影。野狗群的成员们紧张地四下张望,片刻之间,来犯之敌便露出了真容……

我来了,贝拉狗。你们好啊,臭狗们。

是狐狸!狐狸竟敢踏足我的领地!

我们现在不是软弱的拴绳狗了,阿尔法。你别想把我们赶出山谷。

惧。空气因此而变得黏稠，但意外的是，空气中还有种别的东西，一种令他如乌云中见到一丝阳光的东西。不过，除了拉奇，两支狗群都死死盯着对方，根本没有谁注意到。尽管耳朵被此起彼伏的吼声震得发痛，但他的鼻子绝不会出错。

我知道那种气味。

拉奇拼命地睁大鼻孔嗅啊嗅啊，想嗅得更清楚些。这股气味的确很熟悉——忽然，他想起来了。在他上次和贝拉会面的时候，嗅到的就是这股气味——一种黑暗的气息，难以用语言描述。

贝拉说，那是一群被他们撵走的狗散发出来的气味。她撒谎了吗？那些狗是她找来的隐蔽力量？或者那些狗回来报仇了？他们现在就躲在树林里。

贝拉发出一声大吼，整个场面为之一静。"阿尔法！我们来是主张地盘分享权的。你们拥有食物、干净的水源和栖息地。拿出来大家共享，不然我们就要凭武力夺取了！"

一番话听得拉奇目瞪口呆。她疯了？

显然，首领也是这么想的。"有种你就试试看。"他好笑地看了斯维特一眼，然后回头对贝拉说："你的脑袋是不是撞到大树了？奉劝你一句，识相的话赶快滚。不然——"说着，他懒洋洋地抬起一只巨爪，露出寒光闪闪的指甲，"就准备受死吧！"

拉奇心里冲贝拉大喊：*走啊，贝拉。趁现在还有机会！*

但是贝拉眼睛都不眨一下，反而趾高气扬地说："阿尔法，你会后悔的。"

狼狗吃了一惊，神情变得凝重起来。他的耳朵朝前探了一下，继而大笑说："后悔的不是我，拴绳狗。不会是我！"

贝拉什么也不说，只是嫌恶地皱了皱鼻子。然后，她发出了召唤。

树丛里顿时现出许多身影：长长的鼻子，雪亮的牙齿，从各个方向冒了出来。野狗群的成员们紧张地四下张望，片刻之间，来犯之敌便露出了真容……

是狐狸！

拉奇难以置信地看着这些狐狸。其中一只狐狸狞笑着说："我来了，贝拉狗。你们好啊，臭狗们。"

拉奇恍然大悟，那天他在贝拉身上嗅到的就是这股气味。原来这些气味根本不是狗的。而且他们也不是贝拉的敌人——他们是一伙的！

"狐狸！"首领雷霆大怒，"狐狸竟敢踏足我的领地！"

他的属下同时发出愤怒的号叫，拉奇连连后退，只觉得骨子里都透着寒气。他在城市里也见过狐狸，这是一种野蛮、凶残、狡猾的动物。他们怎么会找到这里？他们本该生活在城镇里，依靠鬼鬼祟祟、见不得光的手段获取食物。见鬼，贝拉从哪里找来的这群活宝，她为什么要这么做？

难道她回城市里走了一趟？就为了找来这些帮手？

拉奇忽然产生了一个念头，这个念头令他如坠冰窟。她对这些狐狸有过什么承诺？

"我刚才说了,你会后悔的。"贝拉的声音里不夹杂一丝感情,"我们现在不是软弱的拴绳狗了,阿尔法。你别想把我们赶出山谷。"

首领如石头般静止不动,厌恶、倔强还有迷惑全都显露在脸上。

"我的伙伴们,"贝拉大叫说,"攻击!"

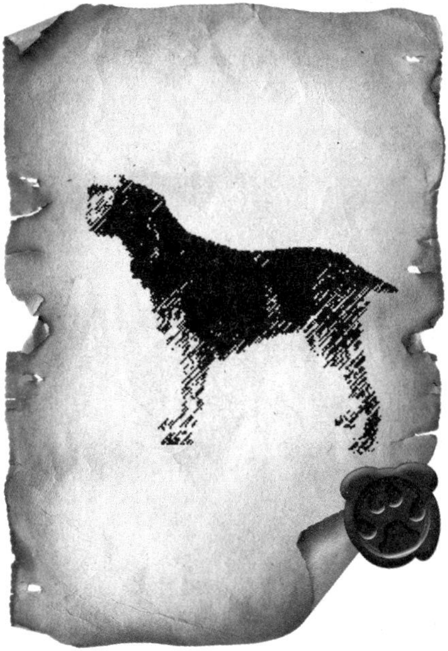

第二十章

"不要!"

拉奇脱口而出,但他的声音立刻被狂潮似的咆哮声淹没了。贝拉猛然将斯维特撞飞,但斯维特四足安稳落地,张口朝贝拉的脖子咬去。米琪和布鲁诺迎战斯耐普和斯普林,四只狗在草地上扭成一团,又是抓又是咬。惨叫声中,拉奇看见狐狸们如同灰色的潮流涌入野狗群,撕咬声不绝于耳。

拉奇的心脏剧烈跳动,简直要从胸腔里跳出来。啊,*森林狗,帮帮我!我该怎么做?*他不愿意拴绳狗们遭到屠杀,但野狗群呢,他能和他们翻脸吗?难道和狐狸联盟?呸,永远都不要信任他们!

拉奇骑虎难下,左右为难。如果再不出手,双方很快就要分出胜负了。到时候,无论谁死,都是他的朋友。他不想他们中任何一个丢了性命啊!当然,那些狐狸最好死得越快越好,不过千万不要是和他并肩作战、共同捕猎的伙伴。

拉奇看着激烈的战场,看着那些相互杀戮的狗。狗,全都是狗。狐狸们在哪里?

他急忙跳起来四周查看。只见六个灰色身影潜入食物储藏室，正大肆掠夺里面的食物。这帮奸诈的畜生！拉奇为贝拉感到难过，为她天真的信任难过。原来他看错了——这些畜生根本不是来自城市。城里的狐狸大多行动迟缓，看起来懒懒的，绝没有这般无情和狡猾。

拉奇怒吼着冲向这群小偷。如果他冷眼旁观，这些狐狸们连一星半点的食物都不会留下。

就在他向前冲的时候，狐狸们已经对食物储藏室失去了兴趣，迅速散开将穆恩的巢穴围在中间，如同饿狼般盯着幼崽们。拉奇猛然警醒，意识到狐狸们瞄准的并不是那些死肉。他们想要猎物，活的猎物——穆恩的孩子们。

穆恩趴在巢穴前，凶狠地迎向冲来的狐狸。

"孤立无援、柔弱无力的母狗，无法对抗我们的饥饿！"拉奇听到其中一只狐狸说。

穆恩因为产后不久所以身子虚弱，但她在生育前凶猛程度并不亚于首领，此时为了守护孩子们，往日的那股子狠劲被激发了出来，对着敌人又吠又咬。斯科姆、富兹和娜姿缩成一团，嘴里发出呜呜的哀鸣。

拉奇冲入狐狸当中，将几只狐狸冲散。然而，他的突然袭击仅令穆恩稍稍喘了口气而已，群狐随即反应过来，纷纷折返朝他杀过来。

拉奇怒不可遏，跳起来奋力厮杀，一时间血花四溅。穆恩在一旁看得分明，拉奇的勇敢和忠诚令她满心感激，全身顿时充满了力气，死死守住巢穴入口。狡猾的狐狸们并没有强攻，而是不断挑衅，企图将她从入口处引开。

"把我们的美食交出来，饶你不死！"一只狐狸叫嚣说。

拉奇听到幼崽们惊恐的大叫声："妈妈，别走！"

"别丢下我们！"

穆恩疲惫不堪，但仍战斗不已。

一只狐狸跳到她的脖子上，咬住脖颈的皮毛，任凭她怎么甩都甩不脱。拉奇怒吼一声，撞开袭来的一只狐狸后奔向穆恩，咬住那只狐狸，将对方从穆恩身上拖开。拉奇刚缓了口气，忽然腹侧传来剧痛，急忙转身朝抓住他的狐狸咬去。

杀不光这些畜生吗？这个念头让拉奇十分抓狂。被拉奇撞翻的那只狐狸满脸是血，从草地上爬起，又向他攻来。

这些狐狸死缠烂打，比他以前在城市里见到的那些更难对付。如果对手换作城市里的那些狐狸，此刻早就被他打跑了。

就在他和攻击他腹侧的狐狸撕咬时，忽然又有两只狐狸左右夹击而来，咬住他的脖子不放。拉奇感觉一股股温热的鲜血顺着脖子流下，头脑阵阵眩晕。在三只狐狸的拖拽下，他一时间分不清上下，只觉得天地都在旋转。

他的头重重磕在一块岩石上，顿时眼前一片模糊，那种感觉就好像潜入水中游泳一样。他努力想站起来，却发现四条腿都不听使唤。

是穆恩！她在孤军奋战！

拉奇张开爪子插进泥土，缓慢地朝那只勇敢的狗妈妈爬去。尽管鲜血挡住了他的眼帘，但他仍能看到穆恩在勇敢地战斗。只是敌人太多，太多……

忽然，一个灰影从穆恩身后悄悄绕过。拉奇拼命大叫示警，但声音却是如此微弱，或许他根本都没有叫出声来。就在他心如死灰的时候，那个灰影从穆恩的狗窝里爬了出来，一团肉呼呼的小东西在他的嘴里挣扎。是幼崽……

拉奇大叫："不，是富兹，不要啊！"

突然间，不知从哪里生出一股力气，他摇晃着站起来，头脑阵阵眩晕。

那是什么？就在树丛中！

啊，他现在开始出现幻觉了吗？头部的重击令他陷入了梦境，在梦里是无法帮助穆恩的。

拉奇又急又怒，使劲睁大眼睛。不，那不是幻觉，的确有东西。

就在那儿。站在树林里的两团黑影仿佛两个矫健、强壮的幽灵，一动不动的，只是在那里观望。*是狗！他们为什么不支援我？为什么石头一般站在那儿？*一只狗将头偏转开，另一只狗则抬起一只爪子，似乎要从阴影中走出来。拉奇向前摔倒，随即把头努力抬起。*不会的。拉奇，你这个笨蛋！根本没有狗；那是幻觉。树林里没有阴影……*

滚开，幻觉！眼前的血迹才是真实的，穆恩正拼死守护她的孩子们，他必须过去支援。

*就算是死，也要拖着这些狐狸们一起去见地狗。*拉奇猛然张嘴，咆哮声中，他跳了起来。

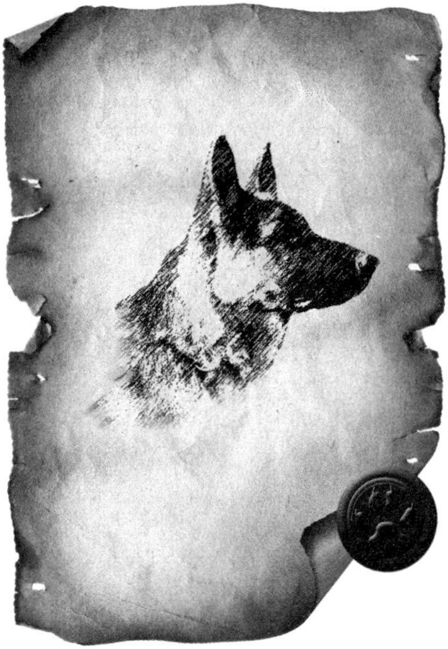

第二十一章

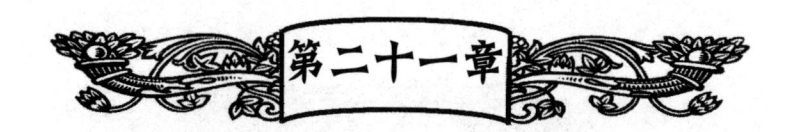

领头的狐狸回头看向拉奇,露出锋利的牙齿。拉奇低声怒吼,还以颜色。

"我可不是好惹的。"他警告说,"想杀我没那么容……"话没说完,忽然被一股大力撞到了草地里。拉奇惊叫着,使劲甩了甩脑袋。

刚才撞他的并不是狐狸。只见一个棕色的巨大身影从他身旁掠过,那浑身结实的肌肉,那滴着口涎的巨口——正是范俄里!

范俄里如同一棵倒塌的大树般砸入狐狸群中,吓得狐狸们四散开来。他抓住一只狐狸,不顾其拼命挣扎,猛力一甩,接着又扑向另一只。拉奇被撞得微微发晕,但心里却顿时激发出新的勇气。他挣扎着爬起来,跃入战场,同范俄里一起并肩作战。战斗中,拉奇发出一连串号叫,想把被狐狸们成功调离开的其他狗召唤回来。

听到他呼叫的冒赤和戴兹立刻冲了过来。

"去帮助穆恩!"厮杀中,拉奇匆匆喊了一句,稍不留神，就被一只狐狸咬住了后腿。

腿上传来的火辣辣疼痛反而令他的头脑清醒过来，他怒吼一声，张嘴咬住那只狐狸用力甩开。

这时，戴兹被一只狐狸扇中了脸部，留下一排血口。然而这一下却把戴兹的怒火扇了出来，她猛扑上前，狠狠咬住对方的喉咙，直到对方无法动弹。

拉奇正好瞅见这一幕，突然，另一只狐狸朝他扑来，他闪身避开，反过来咬住对方的后腿。

"滚开，臭狗！"一只狐狸尖叫着。拉奇抬头，看见有三只狐狸正向冒赤发动攻击。敌人的群攻令冒赤发出阵阵怒吼，血花四溅。

"冒赤！挺住！"范俄里吼道，巨爪用力一挥，将试图扑来的两只狐狸拍散。

拉奇偷得片刻喘息的工夫，嘶声喊道："阿尔法！斯维特！贝拉！救命！"

这一次，他的呼声终于被其他的狗听到了。中了调虎离山计的群狗仿佛在同一时间意识到发生了什么。阿尔法发出一声怒吼，朝这边赶来；在他的身后，跟着一大群狗，都赶来穆恩这里救援。

此时此刻，拉奇的全部心思都放在了攻击冒赤的那三只狐狸的身上，激烈的搏斗令他仅能隐约感觉到由于其他狗的参战，狐狸们正在溃逃。攻击冒赤的三只狐狸终于被打退了，但阿尔法和斯维特却如闪电般追了上去，给予他们致命一击。夹着尾巴的狐狸们相互压在一起,再也不敢逗留,站起来后掉头就跑。

"撤退!"他们喊道,"逃啊,快逃啊!"

片刻之间,战场便归于沉寂。拉奇吊着头,舌头耷拉在外面,大口喘着粗气。三只瘦小的灰狐狸逃进灌木丛里,其余三只则横躺在血迹斑斑的土地上。

领头狐狸的叫嚣回荡在空气中:"我们会回来的,肮脏的狗们。小心你们的幼崽!"

领头狐狸消失了,只听见灌木丛里传出一阵哗哗响。

阿尔法衔起一只狐狸的尸体,神情凝重地将它撂倒在冒赤身边。

阿尔法的行为似乎打破了某种可怕的沉寂,范俄里随后发出一声悲切的吼声。躺在地上的穆恩也放声哭泣。这时,两个小东西慌慌张张、连滚带爬地从巢穴里出来,穆恩和范俄里立刻把他们围在中间,穆恩更是怜爱地舔着他们的小脑瓜。

拉奇不忍心看他们,声音嘶哑地说:"戴兹!你没事吧?"

戴兹抖了抖身子,拂去鼻子上的一团草。

"我没事,拉奇,一点擦伤而已。你应该关心那只黑狗。"戴兹闷闷不乐地朝冒赤扬了扬鼻子,"他比我伤得重。"

拉奇走了几步,便停了下来,不是因为腿上的伤痛,而是因为已经没有这个必要了。苍蝇已经开始围聚在冒赤周围,他身上的伤口正散发出一种拉奇熟悉的气味。

就好像阿尔菲……

"他去见地狗了。"首领的声音忽然响起,"不要打扰他。"

"不。"拉奇喃喃说,心里充满了绝望。

"我说了,不要打扰他!冒赤是一位勇士,但他已经离开我们了。"

首领竟然破天荒地说出了冒赤的名字,而没有称呼他"欧米伽"。冒赤用自己的生命换来了他失去的地位和尊严。

而上述这两样东西,都是被拉奇夺走的。

拉奇感到一种前所未有的悲哀,既为自己的欺骗,也为自己的首鼠两端。内疚和羞愧如毒蛇般将他缠得死死的,仿佛要把他的内脏挤出来似的。与内心的伤痛相比,腿上的伤显得是那样的微不足道。

这一切都是我自找的。这场灾难都是我造成的。

他无法抑制内心的伤痛,仰起头,口中发出混杂着悲痛和愤怒的号叫。

斯耐普震惊地扭头看了看他,然后也坐下来,和他一起号叫。接着,特维奇和达特的叫声也相继响起。很快,玛莎、布鲁诺和戴兹也加入进来。片刻之后,所有的狗都朝着天空发出号叫,集体为离去的冒赤哀悼。

如今,拉奇的眼前再也没有浮现出狗神的影像。*我被狗神抛弃了*,他想,*这是我咎由自取*。他的叫声骤然停止,斯耐普也停止了号叫,安抚地舔着拉奇的耳朵。

"这不怪你。"她说。

"是啊,"斯普林也说,"拉奇,你已经尽力了。"

"你为了救穆恩的孩子们而奋不顾身。"达特说,"冒赤来援助你,他死得很英勇。"

随着这三只狗的号叫声再度响起,拉奇发现自己失声了。他坐在哀悼的群狗中间,心灵被他们的号叫撕扯得四分五裂。怀恩密切地关注着他,但他发现自己再也不担心这个阴险的小狗对自己有什么不利了。

我已经做了力所能及的事,他苦涩地想,我背叛了朋友,把贝拉和狐狸们引到这里,害死了冒赤和富兹。

拉奇疯狂地想,如果现在地狗张开嘴把他吞下去,他绝不会抵抗半分,一声都不会吭。

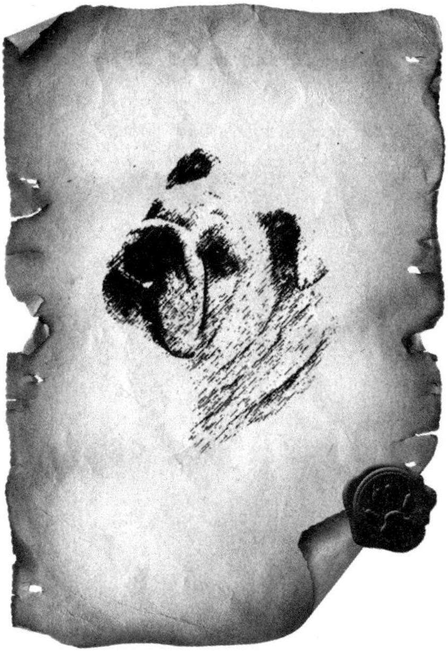

第二十二章

大家开始打扫战场。三只狐狸的尸体被玛莎和戴兹拖到捕猎草坪那里,任由乌鸦叼食。

死亡的气氛如同稀泥一般黏稠。拉奇不敢看首领和斯维特;而且他也无法正视他的妹妹。为了贝拉,他背叛了野狗群,而贝拉带给他的却只有谎言。

在这场惨烈的战斗中,没有赢家。拉奇心如磐石一样沉重,不知道这样的负罪感自己还能够承受多久。

处理完狐狸的尸体后,野狗们小心翼翼地将冒赤和富兹的尸体移送到营地外的花丛下。

斯维特把嘴压在穆恩的脖子上,说:"时间仓促,现在无法为他们举行像样的葬礼。但我发誓,我们会用合适的方式哀悼他们。"

拉奇忽然意识到,自己竟然不知道野狗群如何表达他们对死者的哀悼,顿时心里感到一阵刺痛。虽然他愿意为这些狗殊死战斗,但从某种意义上说,他仍然算不上他们当中真正的一员。

范俄里和穆恩蹲在花丛旁,中间夹着身体颤抖的斯科姆和娜姿。默哀片刻后,一家子站起来向一旁走开。

"现在该处置入侵者了。"石台上响起首领的声音,"所有成员集合!"

拉奇松了口气,他的命运终于到了揭开帷幕的时刻。

一些狗急切想知道结果,于是飞快地围成一圈;而另一些狗,例如拉奇和贝拉,则一瘸一拐、慢腾腾地走过来。首领静静地等待所有狗都聚齐,然后用他那冰冷的目光环视了一圈。站在他身旁的斯维特此时也一脸严肃。

"你,"首领对贝拉吼道,"拴绳的蠢货,过来!"

尽管对妹妹颇有看法,但拉奇仍不得不佩服她的倔强。只见贝拉昂首挺胸地走到首领面前。

"是你把狐狸们引到这里。"首领怒吼说,"而且给我的团队造成了伤亡。临死前若有遗言,现在赶快说!"

狗群中顿时一阵骚动,拴绳狗们更是大声抗议。拉奇的毛竖立起来,阳光发出柔弱的呜呜声,布鲁诺眉头紧皱。拉奇担心的事情终于发生了,现在贝拉只能自救,谁都帮不了她。

"是你禁止我们在这里捕猎,拒绝开放水源!"贝拉毫无惧色地说,"我们别无选择。如果你一开始能够讲道理,就不会有今天的伤亡。而且,我们当中的一名成员也被你杀了!"

首领的腹腔发出一声愤怒低吼:"你是来复仇的,对吗?真不值啊。"他的双目凶光四射。"你们这些拴绳狗擅自闯入我的领地,竟然还敢给我谈什么权利。告诉你,《犬类法典》里没有赋予拴绳狗任何权利。想拥有权利，那就通过战斗来获取吧。可你们连尝试的胆子都没有，却和那些……恶棍们沆瀣一气。"

贝拉垂下眼帘，轻声说："我被那些狐狸蒙骗了。我不该带他们来的，对此我深表遗憾。"

"遗憾是远远不够的。"首领龇牙说，"我要亲手杀了你！"

"不！"阳光大叫。首领扭头看着她，凶狠的目光简直要把她撕碎了。阳光低声哀求说："请放了贝拉吧，求求您。她是一只好狗。"

"她还是一位好首领。"布鲁诺说着，朝拉奇投去求助的目光，仿佛在说：*快告诉他们啊！*

但是没等拉奇开口，首领就摇摇头说："好首领应当考虑周到。她不但将灾难引入我的团队，还把你们置于险境。你现在还活着也算走运。是到了该算账的时候了。拴绳狗群的贝拉，你过来。"

"阿尔法，等一等。"穆恩将两个孩子交给范俄里照顾，自己走上前，"我能说两句吗？"

她的举动令所有狗都吃了一惊。首领若有所思地舔了舔嘴巴，说："穆恩，在场的所有狗都有说话的权利。你想说什么？"

穆恩转过身，目光从周围的每一只狗身上扫过。最后，她目光毅然地直视首领，开口说："因为这些拴绳狗还有他们那个愚蠢的首领，我今天失去了一个孩子。"

拉奇心里一沉。如果穆恩落井下石，妹妹必然在劫难逃。

"阿尔法，我和你一样痛恨他们，而且犹有过之。"讲完这句话，穆恩不能自抑地一阵颤抖，过了一会儿才停下来，声音渐渐变得有力，"可是贝拉说的是事实。那些狐狸明显欺骗了她；今天的事情落到这个地步，想来也不是她的本愿。阿尔法，我们能说她愚蠢，但不能说她是一只坏狗。"

首领点头说："或许吧，但她其罪当诛。穆恩，想必你还有话要说。全都说出来吧。"

"做傻事的不仅仅是他们。我们都犯了错误。未来的路还很长，三十年河东，三十年河西！谁敢说明天不会犯错呢？我们需要紧密团结在一起，共存共荣，否则，我们将难以在裂地吼之后的世界里生存下去。"

首领不情愿地点了点头，但声音依然冰冷："他们也需要遵守《犬类法典》。"

"请听我说完。"穆恩合上双眼，"没错，那些狐狸是他们引来的。但是，他们知道自己犯错误后，尽了最大的努力去弥补。若不是拉奇和可怜的冒赤……还有这只拴绳狗，我的三个孩子全都活不成。"

说着，穆恩看向戴兹。戴兹的双眼睁得大大的，身体有些颤抖，但硬挺着没有动。

"一听到拉奇的呼唤，这个叫戴兹的小狗立刻跑来救援，而且作战时非常勇敢。"拉奇仔细听着，生怕漏掉一个字。"紧随其后的几只拴绳狗的表现也都有目共睹。正是因为他们的援救,我才得以保住这两个孩子。"

穆恩趴在地上,似乎累得连话都说不动了。范俄里舔了舔斯科姆和娜姿,然后走到穆恩身旁。

"我同意穆恩的说法。"他说,"死掉的是我的孩子,但毕竟有两个活了下来。拴绳狗们虽然做错了,但最后知道悔改。首领,他们表现出了勇气和荣誉,值得我尊重。"

说着,范俄里低头顶了顶穆恩的脑袋。其他狗默不作声,齐齐看着首领。拉奇看到首领紧皱的眉头有些松动,顿时升起一丝希望。

"贝塔,你有什么建议?"首领叹了一口气,看向身旁的搭档。

斯维特若有所思地抓了抓耳朵,然后低声说:"抛开敌我关系不论,他们的确作战勇敢。"

首领问:"哪一个出力最多呢?"

斯维特声音沙哑地说:"他们有资格成为我们的盟友,或者敌人。首领,我建议我们和这些拴绳狗求同存异。毕竟,我们之间的共同利益要大于分歧。正如穆恩所说,大家作为犬类,生活在一个变化的世界里。我是在第一次裂地吼之后来到这里的,本以为这里能够避开裂地吼的影响,但是在第二次的裂地吼中,我差点儿丧命。谁知道下一次会发生什么事呢?"

"如何处置他们领头的呢?"首领再次盯着贝拉。

"嗯。"斯维特的脸上闪过狡黠的神色,"我希望能够按照穆恩和范俄里的意见处理。在我看来,他们有权决定这件事。"

首领若有所思，又舔了舔嘴巴，露出白森森的利齿。

"很好。"他最后说，"斯维特再次给出了有价值的意见，而且她也成功说服了我不去按照本能行事。接下来的事务该如何安排呢？"

斯维特坐下来，看着贝拉的团队。"我建议，邀请他们加入我们的团队。但是，所有的狗都必须从最低的位置开始做起。他们只能对您效忠。如果他们愿意这么做，时间将证明我们能够互利合作。"

在拴绳狗们期待的目光中，首领点了点头。拉奇低头看着地面，内心十分矛盾。贝拉的团队能否适应野狗群的生活呢？想到阳光在底层辛苦打拼，拉奇就觉得很不乐观。所谓的团队联合是个什么东西呢？

是好，还是坏，或者不好不坏呢？拉奇绝望地闭上眼睛。

首领的爪子从石台上划过，发出的吱吱声划破了会场的寂静。

"很好。如果拴绳狗们同意加入进来，我们会给他们安排适当的位置。我们的领地不容侵犯，这一点不容置疑。所以，他们要么是加入我们的团队，要么滚得远远的。"

"他们的首领怎么办？"斯维特问。

"她将充当欧米伽。"首领吼道，"宠物狗们，你们知道欧米伽意味着什么吗？她就是个跑腿的角色，团队里所有的狗都能够支使她。睡觉的时候，她只能到最潮湿的欧米伽巢穴里去。当初我们对冒赤就是这么处理的。担任欧米伽满一个月，她可以通过发起挑战来提升地位。前提是,她能够活到那一天。"

贝拉站起身,颈毛竖立起来。拉奇心里直打鼓。她会拼死一战吗?贝拉周围的拴绳狗们齐声哀鸣。

"别委屈自己。"玛莎说。

布鲁诺大叫:"让他们瞧瞧,你能生存下去!"

那一刻,拉奇真想也像他们那样给贝拉出主意。他知道,做一个月的欧米伽是贝拉最好的选择。可是她愿意吗?拉奇无法插嘴,因为他不敢。

我不是他们一伙的。不能公开身份。一旦身份暴露,就有丧命的可能……

整件事都是他的错。是他同意执行贝拉内奸计划的,而且从未怀疑贝拉会欺骗他。更糟的是,他还对贝拉说过怀恩的事;野狗群的狩猎规律也是他泄露给贝拉的。所有的刺探活动对贝拉和她的团队并没有产生任何积极作用;其产生的破坏作用是可怕的。如果贝拉他们加入野狗群,他该如何自处呢?

两个团队会合并吗?如果它们各自独立,我是加入贝拉的团队呢,还是在野狗群里谋求一个新位置?

或者,我应该保持既往的生活方式,再次浪迹天涯呢?

贝拉和首领相互瞪着,但贝拉有些紧张地舔了舔嘴巴。

"怎么样?"首领讥笑说,"拴绳狗贝拉,一切都取决于你的决定。"

"等一等——"一个声音忽然响起。

拉奇吃了一惊。所有的狗都回头望去，只见一只丑陋无比的狗大步上前，脸上犹自带着阴险的表情。

怀恩坐下来，朝拉奇瞅了一眼，说："首领，先不要做任何决定。"

斯维特凶狠地说："怀恩，你想捣乱吗？别忘了，如果贝拉拒绝加入，你就要重新当欧米伽。"

"哦，但我有些事情要说，想必你们会感兴趣。"怀恩舌头耷拉着，咧嘴笑着说，"首领在吸纳新成员之前，需要知道这个消息。你们看到那个城市狗了吗？"

首领看了看拉奇，恼火地对怀恩说："他怎么了？"

拉奇顿时如坠冰窟。逃没处逃，藏也没处藏。怀恩凑近看着他，舔了舔牙齿。拉奇身体颤抖，前腿的膝盖发软，只想跪下来恳请怀恩不要说破。

"他和这些拴绳狗是一伙的。"怀恩兴奋地叫着说，"他一直在为他们窃取情报！"

群狗们立刻安静下来。拉奇觉得舌头好似打了结，喉咙里如同塞了一个大冰块。拴绳狗们惊恐地看着他，脸上的表情更是证明了怀恩的话。野狗们纷纷转过头来，都露出不可思议的神情。

斯维特立刻上前，一巴掌扇在怀恩的脸上。怀恩尖叫了一声，却没有退却。

"一派胡言！"斯维特怒斥说，"欧米伽，你将为自己的谎言付出代价！"

"住手！"拉奇叫了一声，跳到斯维特和怀恩中间。他喘着粗气，虽然内心充满恐惧，但他无法让无辜者因为自己的行为而遭受不白之冤。即使那只狗是怀恩。

"拉奇？"斯维特困惑地说。

"他说得没错。"拉奇低下头，然后猛然抬起来直视斯维特。在说出真相的时候，他要看着斯维特的眼睛。"斯维特，怀恩没有撒谎。他所说的事都是真的。"

斯维特睁大了眼睛，难以置信地说："不！"

"是真的，斯维特。对不起，我没想到事情会发展到这个地步，我……我很想成为这个团队的一员。"

斯维特默默地看着他，短短的几分钟仿佛几天般漫长。首领站在斯维特身后，脸色十分阴沉。

斯维特结结巴巴地说："你不可能……你不会……"

"是的，斯维特。这一切都是我造成的。对不起。"

"但你现在是我们的成员。"斯维特突然吼道，"就算这是事实，你也是……"话说到一半，她便难以为继了。

拉奇张大了嘴巴。斯维特的眼神里包含着那么多的内容：愤怒，受伤，恐惧，上当。甚至还有恳求，恳求拉奇能说出她希望听到的话。

拉奇看了看首领，然后是贝拉，目光沿着围成圈子的群狗身上逐一扫过。他看到了怀恩的奸笑，看到了斯耐普的迷茫，范俄里的跃跃欲试，还有戴兹和阳光的颤抖。他能够嗅到周围紧张的气氛，能够感觉到竖立的毛和奔腾的血液。

拉奇，是时候做出选择了。是时候决定你的忠诚究竟归属于哪一方了。

这时，大狼狗走到他面前。拉奇胆战心惊地看着他。

他现在已经别无选择，或许死亡是他唯一的下场。

"猫武士系列"作者艾琳·亨特
2022最新力作

勇士之地
BADLANDS

跟随动物大迁徙的路线
探寻象群的生存奥秘
狮群的生存法则
狒群的生存智慧

定价：212元/全六册

这是一个发生在非洲大平原上的奇幻动物故事
一头历经族群变故的幼狮如何在孤独中成长为王者
一只最低等级的狒狒如何在经历信仰崩塌后重塑自己
一头可预见未来的小象如何在家庭与责任中取舍
如果你曾为《狮子王》感动，一定也会被《勇士之地》深深吸引！

世界级畅销书《猫武士》作者艾琳·亨特最新巨制

中国少年儿童新闻出版总社
中国少年儿童出版社 全球首发

《熊猫勇士》

《洪水滔天》	《秘密之河》	《奔赴龙山》
《暗日凌空》	《闪电之焰》	《烈火余灰》

套装定价：210元

动物小说大王 沈石溪 倾情推荐！

一部"烧脑"的悬疑推理小说

一个感人肺腑的温情疗愈故事

一场不负使命的逆天奔赴之旅

《熊猫勇士》是一部由中少总社自主策划创意，约请国际知名团队艾琳·亨特执笔，联袂创作的极富中国特色的动物奇幻小说。作品以深受世界各国儿童喜爱的大熊猫为主角，讲述了三胞胎大熊猫历经奇幻冒险拯救家园的励志成长故事。

《猫武士》，让你从此对猫儿另眼相待！

梦想，
还是要有的。

看宠物猫如何遵循内心，历尽千辛万苦，去追寻梦想，最终成为猫族之王。

一部无比精彩的动物奇幻小说
美国亚马逊网站五星级畅销书
被读者喻为"一部能让儿童养成良好阅读习惯的伟大作品，其精彩无法用文字表述"
错过它，你的童年将会错失很多

读者心声：

这是一部好看的小说，不光孩子们爱读，大人们也觉得兴味盎然。这也是一部优秀的教育作品，用引人入胜的故事代替了啰里啰唆的唠叨。

——读者家长

以前妈妈老说："不要老待在沙发上看电视，去拿本书来看！"可是现在我妈的话却变成："不要老待在沙发上看书，把书收起来去睡觉！"

定价：168元
适读年龄：10+